# 砚牛轩杂拾

刘原 著

XZCB 西藏人民出版社

**图书在版编目(CIP)数据**

砚牛轩杂拾 / 刘原著 .-- 拉萨：西藏人民出版社，2023.8

ISBN 978-7-223-07397-4

Ⅰ. ①砚… Ⅱ. ①刘… Ⅲ. ①中国文学 - 当代文学 - 作品综合集 Ⅳ. ① I217.2

中国国家版本馆 CIP 数据核字(2023)第 075854 号

**砚牛轩杂拾**

| | |
|---|---|
| **作　　者** | 刘　　原 |
| **责任编辑** | 拉　　珍 |
| **责任印制** | 缪　　攀 |
| **封面设计** | 旦真那杰 |
| **出版发行** | 西藏人民出版社（拉萨市林廓北路 20 号） |
| **印　　刷** | 西藏福利印刷厂 |
| **开　　本** | 787×960　1/16 |
| **印　　张** | 17.375 |
| **字　　数** | 84 千 |
| **版　　次** | 2023 年 8 月第 1 版 |
| **印　　次** | 2023 年 8 月第 1 次印刷 |
| **印　　数** | 01-500 |
| **书　　号** | ISBN 978-7-223-07397-4 |
| **定　　价** | 54.00 元 |

与著名诗人、学者流沙河先生探讨书法与诗歌

# 序 云淡风轻，日丹月素

萧蒂岩

刘原先生，诞生于山东孔孟之乡，久居于西藏神圣之地，得天独厚，与时偕行，自然心沐于德，情钟于圣，所写书法既集雪山草地雄浑于一体，而文章又熔庙堂文史传奇于一炉，访古叙今，借景抒情，多有舒心感悟之功，颇具妙笔传真之力，异彩纷呈，奇观迭现，作为一个由武入文的人，能挥洒自如，吞吐自若，装点自新，描绘自壮，成高原一位现实手笔铭录的能手。读其文，想见其人，不知不觉地入其彀中而临佳境，岂非怡神悦目之作也。

人们好说："'世界屋脊'很神秘。"神秘在哪里呢？神秘在地广人稀、史长经博。在雪山窝里，在草原深处，若要徒步行进，整天也不一定能看见一座村庄、一顶帐篷，偶尔得见，居民以茶待客，以酒洗尘，真诚纯朴，亲若故人，谈笑风生，畅叙情谊，当然就眉飞色舞，神采尽扬了。正因为如此，如果是一介凡夫俗子，只要登上高原，头顶蓝天白云，放眼银峰碧水，牛羊如珍珠散布于花丛草野，缕缕炊烟或隐或现，或许会逐渐净化心灵；如果是一个戍边战士，立于树荫岩悬的哨所，目睹大好河山，面对绵延不断的国境线，自觉重任在身，就会瞪眼竖耳，高度警觉起来；如果是一名司机，车载着建藏物资，奔驰在坦途险路，穿过云帷霞幛，也会随着马达的音韵而引颈相和、轻哼低咏起来；如果是一位画家，环顾飞禽走兽，花山林海，春水秋波，丹青玉绿，将会不自制地向游云静浪挥起笔来；如果是一位诗人，仰首峰峦，垂目漩涡，就更加狂放不羁，兴高采烈，激扬文字，足之蹈之，进而情不自禁地与神女碰起杯来！然而，与前者迥异的是，刘原先生作为一位名实相符的散文家，身临圣城，勤于耕耘，穿梭于名胜古迹，走乡访户，凭借改革开放的良机，躬逢脱贫致富的盛世，醉展扬眉吐气的神威，所著散文，散而有律，洋洋洒洒地铺陈于万里高原，岂不是已将神秘点点滴滴地袒露于世人的眼帘了吗？

说了这么多，无非想证明，高原是用神话、神力、神气来熏陶人心，成就人事的地方，是神州一个后起之秀，是因高山、大湖、大草原给了人以宏伟的气魄去直面人生，才创造了崭新生活，是乐土一个可塑之形的现实处之一，也是因给了人以向善指引去战胜邪恶，才营造出美好今天而更充满理想的新天地之一。因此，凡是好人、英才，尽可以在此提升道德，端正方向，弘扬文艺，奋发有为，为民族，为国家的振兴，作出力所能及的奉献。刘原先生是一位能文、能诗、能书、能画多才多艺的人才，在藏工作了近四十载，利用茶余饭后，创作、发表二百余篇、幅作品，离休后仍笔耕不辍，先后出版了《中国西藏邮政邮票史》《走进曼荼罗》《刘原书法作品集》《刘原诗文集》等著作，其中《中国西藏邮政邮票史》荣获亚洲邮展评委会银奖、中华全国集邮展览集邮文献类大银奖和香港书展优秀图书奖。

刘原先生倾一生精力于西藏，好藏族之所好，急藏族之所急，兢兢业业，勤勤恳恳，可以说青春心血顺风洒，老来翰墨展芳华，如此而已，岂有他图！我在详读了他的系列文字之后，直觉云淡天清，日丹月素……

谨为之序。

# 目　录



## 诗歌篇

**散文篇**

## 书法篇



## 绘画篇

# 诗歌篇

# 永远飞翔的梦

深情的梦
快展开你的翅膀
飞向我钟情的大地
拥抱身边的太阳
亲吻相恋的热土
攀登我情感的珠峰
尽管岁月已无情地逝去
可我的记忆仍十分执着
同吃同住使我融入一个新家
我听到我们的脉搏在一同跳动
劳动的汗水像一条热线
紧紧地连着你和我

我倾心阿妈打的酥油茶
浓香和钟爱如夏天的圣火
我喜欢阿爸酿的青稞酒
真情和头道酒一样浓烈
田边，阿爸给我讲述神女峰的动人故事
灯下，阿妈给我讲述文成公主美丽的传说

长相厮守的岁月
拧成一股情感的绳
牢牢拴在我的心窝
此刻，我只想摘一片白云
带上我的祝福
献给远方的阿爸阿妈
我虽然无奈离开了您的怀抱
但我的心像一颗种子
已深埋在您的土壤
请不要唤醒我
这是我最甜蜜的梦
让她永远展翅飞翔

2006 年 5 月于蓉城
刊于《西藏文学》

# 无名小花

——登江孜宗山感怀

从浓烈的硝烟里
从先烈们的尸骨上
你又顽强地挺起身来
在宗山古堡上
用殷红的色彩
书写一九零四年
反英斗争的英雄史诗

无名小花
英雄之花
至今
在你开花的静静气息里

还回荡着
隆隆的炮击
滚滚的雷声

如今
你庄重地开放着
一个民族的骄傲
高昂的目光
省略了昨天
一直伸向蔚蓝的世纪
面对未来世界
成熟一幅新的构思……

1983 年 9 月于拉萨
刊于《拉萨河》

# 一条彩色的河

——参观江孜地毯厂即兴

这里，有一条彩色的河
不是涌自雪山脚下的温泉
而是源于江孜姑娘的心窝
流淌古老的美
新奇的歌
一方地毯就是一方高原春色
彩色的河从这里汩汩流出
注入高原人心的湖泊

1983 年 9 月于拉萨
刊于《拉萨河》

# 一朵小花

——贺四川省散文学会文友部四周年庆

她是一朵小花
她没有菊花的孤傲
也没有牡丹的高贵
更没有报春花的自持
她只在小溪边迎风微笑
或在茫茫的原野
伴着清流低吟
点染几点清纯的色彩

2002 年 6 月 12 日
刊于《四川印务报》

# 桃花赞

——赏桃花有感

年复一年
我们只知无私地奉献
我们的热情如火
把春天的梦带给人间
继而——
把一点一滴的汁水
化作甜蜜的琼浆
夏秋时节——
我们发自肺腑的爱心
凝成肥美的硕果恭候你的喜悦
即使到寒凝大地的冬天
也不忘却天职和使命
以我们无畏的风骨
驱除人间幽动的鬼邪

2002 年 3 月
刊于《丛中笑》诗刊

# 颂改革开放三十年

邓公宏略
高擎起改革开放大旗
九州上下
万民竭力
筚路蓝缕
跋涉春秋三十
中华复兴
国富民强
琼楼玉宇
华夏遍地林立
金银[1]动脉
纵横如织
中国制造
福荫全球庶黎
东方神舟
三番对话玉皇大帝
奥运盛举

① 指铁路公路。

百年圆梦在今夕
北京鸟巢
引万名健儿共竞技
各国政要
各国明星
共享科技、绿色、人文奥运
中国人大笔书写奥运新历史
三十年金光大道
使东方巨龙高高飞起
飞吧！东方巨龙
再创明天的奇迹

2008 年 10 月
刊于《蓉城锦秋》

# 拉萨组诗（六首）

## 登布达拉宫

跃上布宫六百旋，采云摘霞献佛坛。
借问赞普居高宫，可曾览尽天地翻？
步历一千三百年，圣哲踵继瑰宝繁。
钟灵毓秀奇葩美，香凝色艳天地间。

## 龙王潭

身在潭中不见龙，隔壁倒有一龙宫。
轻舟荡处琼楼动，游客狂时玉影空。
云外苍鹰多矫健，岸边垂柳更葱茏。
往来驻足问神女，天上人间路可通？

## 唐　柳

公主深情插嫩柳，春光有意柳成荫。
几多佳话传不尽，千古冰山绿一心。

## 会盟碑

甥舅会盟一家亲，立碑高处谕后人。
汉藏手足情愈浓，喜看长绿松柏魂。

## 罗布林卡

万树芊绵竞参天，百轩绿中半露脸。
姹紫嫣红伴曲径，醉歌酣舞笑满园。

## 拉萨河

劈山穿谷出重山，一路豪情书画卷。
波光相映群山美，水润两岸百花鲜。
情牵拉萨哺众庶，万代生息泽惠宽。
今朝吉曲[1]更澎湃，幸福河水长流远。

2002年3月于蓉城
刊于《西藏文学》5期

① 拉萨河被藏族人民称之为“吉曲”，即幸福河之意。

# 纪念西藏民主改革五十周年（组诗五首）

——五十年前拉萨所见

## 市　井

烂路不平夏泥泞，冬来飞尘眼难睁。
街边巷头任解便，臭气熏天脚难行。

## 赤贫窟

赤贫窟里无片瓦，撑片破布权遮风？
饥寒交迫难度日，苦海哪有渡棹翁？

## 流浪儿

冬日北风似刀割，浪儿瑟索身无着。
饥肠难耐泪洗面，焦等父母乞食归。

## “犯人”

重镣加身逐市井，自讨残羹苦哀鸣。
脚镣无情破皮肉，时世无道弥血腥！

更怕夜来无宿处，垃圾堆旁熬天明。
苦海何处寻彼岸？含悲饮愤度残生！

## 达官贵人

高头大马黄锦裳，旌旗伞幡势煌煌。
一人出行百人扈，万人心血化空肠。

2000 年 3 月

# 民主改革

春雷一声大地动，
沉睡雪域顿苏醒。
百万农奴齐奋起，
砸烂枷锁求新生！
民改烽火燎高原，
暴政污垢一扫清。
农奴翻身做主人，
呼风唤雨路自行。

# 庆祝西藏自治区人民政府成立三十周年

长夜暗难明，
一朝旭日升。
光照四十春，
伟业贯长虹。

2006 年 9 月

# 改革开放

改革开放旗高举，
扬鞭策马任驰骋。
荒山野坡起高楼，
公路如网车如龙。
天路绵绵连全国，
通向未来更繁荣。
三十岁月如弹指，
发展如飞世界惊！

2009年3月作于病中

# 庆祝西藏和平解放五十周年

红旗飘飘五十春，
惊变雪域泣鬼神。
接力劲跨新世纪，
再造神奇震乾坤。

2009 年 9 月

# 武侯祠凭吊

天生璠玙一茅庐，
明主识玉三番顾。
经天纬地睿惊世，
一代雄才万世慕。

2002 年春

# 游杜甫草堂感赋

途穷诗富杜工部，
诗泉涌流出草庐。
秋风不悯下山客，
摧枯拉朽破茅屋。
高风心系民情意，
梦企广厦人间矗。
长夜美梦圆今朝，
诗圣九天当笑赋。

2002 年 9 月

# 乡　情

花香诱得蜂蝶恋，
乡情如丝刀断难。
游子身飘千里外，
夜夜梦中催马还。

1999 年 10 月

# 祝《走向世界的中国》的出版发行

画绩文功五十秋，

撒星播火耀神州。

千禧寄语龙之子，

纵马腾空换斗牛！

2002 年 10 月

载《走向世界的中国》画册

# 在威海登环翠楼观海潮有感

登临环翠观海潮，
海潮心潮逐浪高。
依稀甲午风云在，
舰倾魂断悲风啸！
旭日东升金光照，
蛟龙掠波英气豪。
海疆长城固金汤，
魑魅魍魉休作妖！

2002 年 6 月

# 喜闻青藏铁路动工兴建

喜闻青藏铁路动工兴建，作为一个老西藏，心情尤为激动，感慨万千，草成此诗，以抒胸怀。

——题记

千峰万壑成天险，
阻断交通足迹艰。
牦牛作舟[1]越千载，
何曾走出古荒原。
神州英豪开新篇，
劈山斗水若等闲。
引出铁龙飞千里，
北京拉萨紧相连。

2004年3月
载于《西藏文学》



① 藏族人民将牦牛誉为高原之舟。

# 登长城闻神舟四号升空

山势如涛好壮观，
神龙掠波出云端。
昂头欲把天门叩，
连吐明珠耀九天。

# 长江三峡截流感赋

大江澎湃恣肆流，
万古喜怒任自由。
新禹豪气凌天地，
敢教怒涛听侍候！

2003年8月

# 白衣战士颂

非典恶煞突发难，

神州大地悲风颤。

白衣战士勇冲锋，

大义献身保民安。

# 欣闻神舟五号载人飞船升空

神舟五号飞长空，
斗牛把盏迎英雄。
玉皇忙问何方客，
利伟笑答东方龙。

2004 年 3 月
期刊于《西藏文学》

# 阆中即兴

环山如翠抱明珠，
光耀千秋壮画图。
人祖伏羲灵气在，
长教天地易时殊。
阆苑仙风展广绫，
天公一笔染丹青。
向阳江水掀新浪，
玉带金珠绕锦屏。

2003 年 4 月

# 九龙沟即兴

堆绿叠翠九龙沟，
峭壁如削穿云头。
乱石崩雪飞流激，
犹龙飞舞山中走。
我伴蛟龙盘山上，
直上巅峰重霄九。
忽入云端隔凡世，
如梦如幻醉琼楼。

2007 年 7 月 25 日

# 温江花博会随感

花漫温江人浪滚，
深秋九月胜似春。
十亿巧手绣山河，
盛世神州处处锦。

2005 年 10 月

# 游青城山

久慕青城天下幽，
欣逢挚友邀同游。
感同羽化仙境里，
梦醉瑶池不胜收。

2005 年 5 月

# 资中印象

艳阳高照访资中，
老城婀娜新城雄。
重龙枕郭威仪壮，
沱水凌波瑞气涌。
自古圣贤誉遐迩，
文绩武功贯长虹。
更喜今朝风流辈，
改地换天八面风。

# 苌弘师徒颂

孔圣一巨星，
造星乃苌弘。
伟业赫盖世，
千古存遗风。

# 观重龙山碑林感赋

漫游碑林间，
心潮迭起伏。
惊龙石上飞，
叹凤碣上舞。
观公抒壮怀，
赏士吟佳句。
领教百家言，
胜读十年书。

2007 年 10 月

# 贺四川省散文学会文友部十周年华诞

春风化雨润百花，
姹紫嫣红共晚露。
老枝新花香愈浓，
秋来硕果满枝桠。

2008 年 6 月 12 日

# 读文友向洪亭诗有感

五七短句信手拈，
行云流水抒自然。
醉情蜜意酿佳句，
粒粒玑珠落玉盘。

2004 年 10 月

# 双流棠湖公园春日即景

棠湖漫映铁脚红[1]，
春风如酒醉花容。
恋蝶癫狂花间舞，
画眉痴情引吭鸣。
亭阁飞螭衔白云，
叠阁环水弄竹影。
醉心不知日西斜，
强拖追步归途行。

1998 年

① 棠湖海棠花又称为铁脚海棠花。

# 吊中国人民志愿军英烈

——纪念抗美援朝五十周年

舍生忘死战敌恶，
碧血白骨洒东国。
半世已去英魂在，
名彰千载万世歌。

2000 年 10 月

# 纪念邓小平同志诞辰一百周年

回望百年前，紫气升广安。
圣地一村落，华诞一伟贤。
弱冠立大志，大鹏扶摇远。
越海求真谛，丹心献赤县。

戎马血与火，风骨披肝胆。
雄鸡唱天明，神州开新篇。
万众擎九鼎，国泰民得安。
天骤恶风起，邓公三罹难。

青松岂可摧！灭妖再出山。
明断促改革，中华天地翻。
东方龙腾飞，举世刮目看。
江山多壮丽，仰公英明断。

2005 年 5 月

# 三亚印象

天清日朗空气爽，
椰风海韵美无双。
奇花异木多情趣，
风情万种处处靓。
四季无寒花常开，
物丰人寿天地祥。
追梦瑶池到天涯，
三亚美景胜天堂。

2007 年 1 月 30 日

# 痛悼西藏自治区作协主席叶玉林同志

忽闻叶公噩耗至，
犹似耳边一霹雳！
追思促膝论纵横，
所嗟音容遗梦里！
人生长短不足论，
贵在毕生献余力。
君多华章书经纬，
长留人间亮不息。

刊于《西藏文学》
2010 年 1 月期

# 冬日赏杜鹃花

百花杀过赏杜鹃，
繁花灼灼似火燃。
若非蜡梅已报雪，
误识冬去春已还。

2006 年 1 月

# 小舟

以此小诗自勉

——题记

浩荡大海一小舟，
敢向深水踏浪头。
纵有百回千折苦，
不达彼岸帆不收。

2005 年 3 月

# 中华书法颂八首

## 中华书法赞

毫毛钳竹一杆笔，挥洒文明扬华夏。
粗细刚柔随心欲，功到妙笔生奇花。

书画同辉成一绝，千古承脉续大家。
软笔似刀写硬字，唯我中华妙书法。

## 颂王羲之书法

右军神笔铸鼎鼐，兰亭一序划时代。
骨健可入三分木，筋韧能牵一山来。

## 颜真卿书赞

颜书厚重蕴国魂，方家推崇标范本。
更奉学书必学颜，千古一脉贯于今。

## 读怀素书有感

怀素笔下喷涌泉，如瀑如注流千年。
狂草一笔成文章，华彩似虹挂中天。

## 有感黄庭坚书法

书坛巨星黄庭坚，行笔洒如舞“莫干”。
短劈长刺如流水，笔风墨韵耀人间。

## 苏东坡书法颂

苏子才高冠日月，犹著诗词盖古今。
书家更拜“寒食帖”，千载称奇行书魂。

## 读岳飞满江红词书法抒怀

将军挥毫如发兵，万马奔腾势如虹。
笔锋似剑扫乾坤，金戈铁马任纵横。

## 文徵明书法颂

徵明小楷力拔山，难有勇者比长短。
笔锋落处穿犀甲，入木三分若等闲。

# 咏花集锦

## 咏　梅

风刀霜剑全不怕，
笑对苦寒展风华。
独立俏姿犹可赞，
更著玉骨万难摧。

## 兰　花

清丽品高真君子，
幽居深山独自芳。
与世无争平淡性，
乐与山风舞霓裳。

## 咏　竹

劲挺欲刺天，
宁折腰不弯。
或斫为笙笛，
留声在人间。

## 菊　花

（一）

百花已眠独自醒，
乐在建戌展芳容。
何惧寒霜侵凌苦，
但释浓香醉秋风。

（二）

西山红叶报寒霜，
东篱新菊笑重阳。
蜂癫蝶狂花间舞，
端的秋色胜春光。

## 白玉兰

不屑翠叶姗来迟，
冰肌玉肤俏干枝。
洁身自好有本性，
落英归尘志不移。

## 荷　花

红颜初露碧水中，
玉姿妩媚撩人情。
疑是西子莞尔笑，
更似贵妃浴“华清”。

## 玫　瑰

欲放又敛意蒙胧，
幽香漫溢激春情。
牵手爱情独一枝，
成人之美倍有功。

## 月　季

刺多无歹心，
专防加害人。
娉婷婀娜姿，
月月奉阳春。

## 桂　花

四季常绿满院春，
中秋来时树漫金。

幽香浸脾令人醉，
可惜时令不留君。

### 含羞草

生性怯人触，
动手羞煞人。
劝君当自重，
贵手莫乱伸。

### 咏生命

偶见一株小草在细细的石缝里自得地迎风摇曳，它那微不足道的土壤和难得的水分，可它能在这样艰难的环境中顽强地生长，生命的力量令人感佩！为此赋诗赞之。

立命绝处本不易，
非能而能堪称奇。
小草不畏饥与渴，
坚石墙隙觅生机。

# 汉宫春·纪念红军长征胜利80周年感怀

红军长征，二万五千里，筚路蓝缕。且敌四路围堵，不时遭遇，枪林弹雨，全不顾。消灭顽敌，重点兵，再迎风雨。谁能挡革命路！

爬雪山历险滩，过茫茫草原，粮秣尽断，草根皮带充饥。意志益坚！何惧万难！大渡河，勇士横渡，敌枪炮，岂阻壮志，终胜利惊世殊！

# 为纪念四川省散文学会文友部成立18周年即兴

散文潮汇成雅文似海
我站在岸边

观潮起潮落
霎时间
浪涛汹涌
激起我心潮澎湃
我顿时化作翻滚的浪花
和波涛一起跃动

有时候
风平浪静
大海又是那样深沉而邈远
熠熠生辉的波光

一望无际
把我的目光和思绪
以及跳动的心
一同引向大海的远方

2016年4月
于双流寓所

# 战新冠疫情随感

神州大地风雷激，
战鼓劲擂战凶疫。
高峰明断力运筹，
举国上下齐协力。

前线鏖战有天使，
后方砥砺行一致。
共遵大计战疫情，
不获全胜不偃旗！

# 卜算子

——贺我国“天问一号”火星探测器成功发射

精卫奋填海，
愚公力移山。
排山倒海何所惧！
龙脉五千年。

今朝风流辈，
踏荒阴月览。
接踵问天叩火星，
揭秘天外天。

2020 年 7 月 28 日

# 庆祝中国共产党建党100周年

风雨如磐暗九州，
志士仁人为国愁。
灵台无计徒流血，
梦坠空云志难酬。

马列金册莅中国，
茅塞顿开启先觉。
识得强国富民路，
惟建中共可解结。

百年战斗路漫漫，
前仆后继历千险。
虽有牺牲多壮志，
终教日月换新天。

革命建设闯重关，

改革开放谱新篇。

百年奋逐强国梦，

大展宏图在今天。

2021年3月

# 天仙子

——贺中国共产党建党 100 周年

内忧外患国凋零，深仇大恨怨沸腾！
物极必反启泰来，雄鸡鸣，日渐曈，
先知先觉举大旌。

壮士揭竿闹革命，淘金去沙道路明，
马列主义定准绳，披荆斩棘逐华梦，
金龙腾，骏马骋，百年大道满地红。

2021 年 4 月 4 日

# 欢呼“嫦娥五号”探月暨五星红旗高扬月球

月圆月缺伴我行，
不知月宫真面容。
忽闻“嫦五”报喜讯，
月容月壤将探明。

更喜红旗扬明月，
九天之外耀五星。
感遇今朝世道好，
神州万业正蒸腾！

2020 年 12 月 10 日

# 参观崇州市竹艺村有感

山重水复竹艺村，
深藏中华竹艺魂。
山中伐来平常竹，
匠心巧手化作金。

栩栩禽鸟欲展翅，
跃跃走兽似觅食。
夺目花卉若溢香，
乖巧鱼虫忒神似。

家什器具各展姿，
工艺小品逗人喜。
文房四宝亦为佳，
万变竹艺堪称奇。

2020 年 10 月 16 日

# 红船颂

——贺中国共产党建党 100 周年

红船，你冲破黑暗，在黎明中启航，
你承载着历史的重任，
四亿人民的梦想，
破浪冲向理想的曙光。

然而，船行万里，必有暗礁和风浪，
有时候，暗流滚滚，恶浪滔天，
但这一切，都阻挡不了你前进的航帆，
因为你有明确的目标和坚定的舵手。

前仆后继，代代相传，
千万英烈壮捐躯，
豪气血肉筑长城！
看天下谁能阻我前进，终摧垮一切害人虫。

一个崭新的国家，矗立在东方大地，
而今天，一艘巨轮，正沿着你开辟的航迹疾速前进！

一个世纪，是一个历史单元，
在中华历史的长河中，是一个最波澜壮阔的单元，
就像太阳一样，永远放射着最耀眼的光芒！

2021 年 6 月

# 敬礼，消防战士

你
将一颗滚烫的心
植入爱的土壤
孕育出惊天动地的伟绩

凶险的火焰
无情地吞噬着生命和财产
而你，无所畏惧地扑向火海
冒死救赎于险恶中的生命

当你抱着熊熊燃烧的煤气罐
冲出火海时
所有人的心都凝滞了
而你却是那样泰然

有时候
无情的洪水扑向人间
仿佛要吞噬整个大地
又是你涉险救出那些危在旦夕的生命

当车祸发生时
是你的身影匆匆忙碌在现场
临危的生命
在你爱的羽翼下重生

落井的老少
轻生的男女
悬吊护栏的儿童
卡住手脚的孩婴

还有驴友的罹险
溺水者的哀鸣
一切天灾人祸事故
都脱险于你充满爱的双手

人世间
如果有救苦救难的菩萨
那就是无愧于这一称号的消防战士
因为你有一双万能的手和一颗大爱的心

你是最值得尊敬的战士
你是最值得钦佩的战士
也是最值得爱戴的战士
敬礼！伟大的消防战士

2017 年 9 月 19 日

# 塞罕坝人造林海断想

霎时
狂风裹着黄沙
怒吼着
煞然要吞掉一个朗朗世界

蓝天被抹去
白云被赶走
太阳也被搞得灰头土脸
顿时搅得天昏地暗

不信邪的塞罕坝人
传承着愚公的基因
决然向沙魔挑战
要在这里创世纪！

你的意志和铮铮铁骨
使桀骜的沙漠俯首称臣
寸草不生的大漠
如今已绿浪滚滚

大自然在你手中重塑
五十五年的历史年轮
镌刻着你的丰功伟绩
也镌刻着人定胜天的雄文

而今，虽狂风依旧
但携来的是碧波欢吟
这是塞罕坝人用气概和汗水
谱写的绿色诗文

塞罕坝已步入韶光青春
阳光、清风、蓝天、白云
是诗、是画、是绿色生命的歌
合奏出一首动人心弦的乐章

# 赞“一带一路”

丝路的历史长河
在人们的记忆中绵延
丝路上的驼铃
仍在人们耳边萦绕

丝路像一棵苍松
虽然枝干已经老去
但她的生命力
依然坚韧、绵长

二零一三年
一声春雷震撼了世界
习近平主席庄严倡议——
建设合作共赢的“一带一路”金桥

亚洲人，欧洲人，非洲人
纷纷响应、叫好

陆海空满载人民的使命
奋力与时间赛跑

北京高峰论坛
一个让历史生辉的节点
万国贵宾
共同谱写出世界史上华章

雁栖湖边
各国元首、政要
庄严宣告——
共建人类命运共同体的伟大目标

# 春晨断想

春是意蕴的号角
春是生命的摇篮
春是神奇的画笔
春是万物的航帆

夜幕净化了嘈杂
清风洗涤了污尘
透明清新的晨曦
凝成钻石般晶莹高贵

春是灿烂的锦缎
晨是闪光的黄金
春是启迪人生美梦的钥匙
晨是构筑事业大厦的金色光阴

最珍贵的东西也最难得
但机会总赐予有心人
朋友，紧紧拥抱春晨吧
让她成为你人生的爱人

# 散文篇

# 我的梦想之旅

人的一生，总会有许多梦想，正是因为这些梦想，人生才有了意义，就像大地有了太阳，万物才能昂扬振奋！

梦想也常常曲折迂回，甚至还会出现磨难，但只要矢志不移，就会美梦成真。

我的童年时代，是在穷困闭塞的农村度过的。当时我唯一的梦想是能够看看外边的世界。成年之后，家乡解放了，我参加了革命工作，接触了许多新鲜事物。组织上又派我去山东省银行学校学习，随着知识的积累，眼界的开阔，新的梦想开始萌芽。1953 年初我被批准参加抗美援朝时，一位好友临别赠我一首诗，其中一段是这样写的：

“从今天起，
你再也不是幼稚脆弱的人了，
而是茁壮的革命者。
你的面前展开了一条无限宽阔的路途，
英雄的国家将你卷进了斗争的激流！
……”

这首诗在精神上极大地鼓舞了我，使我激情四溢，迄今都萦怀在心头。在朝鲜虽无条件读书学习，但我开始注意观察周边事物，积累素材。1954

年回国后，我深感知识饥渴，便开始大量阅读文学作品，不管出差休假，都要挤时间阅读，即使是去解决“三急”，也要带上书本或杂志，不忍浪费些许时间，积习为常，至今亦然。

1956年4月，我调进西藏工作。1958年开始在报纸上发表散文和通讯。1959年西藏民主改革后，为体验藏族农牧民的生活，我主动要求到农村工作，经组织同意，我被分配到尼木县工作。农村轰轰烈烈的改革感染了我，我在繁忙的工作之余，写了两篇短篇小说《俄洛穷娃》①和《水》②。却突遭打击，怏然心灰意冷。

没有梦的人生，就像没有太阳的大地，在苦海中茫然漂泊了一年之后，我终于觉得梦碎的人生，就像失魂落魄的孤雁，失去方向和精神砥柱。平庸厮混，我实在心有不甘，怎么办呢？苦思良久，觉得练书法最佳，因为练习书法不仅可以提高书写水平，还可修身养性。书画同源，有时也到野外写生，画祖国的大好河山。除此之外，便疯狂读书。

时值20世纪60年代上半期，由于三年困难时期，毛主席批示全国尽量少安排工作、劳动，让人民休养生息。因此，每天的工作量减少了一半。对我来说，是天赐良机，我如饥似渴地通读了《中国通史》，并选读了世界史、《中国文学史》《中国绘画史》、四大名著、唐宋诗词、《鲁迅选集》、外国名著、译文等等。同时还订了五六种杂志，阅读成了我的难辞之瘾，几近成了我业余时间的全部。四五年间，我阅读了几千万字的图书和资料，有的书还会复读，如《中国通史》《东周列国志》《莎士比亚戏剧集》等，记录了大量读书笔记。这使我在知识积累、文学艺术修养等方面都得到了极大的升华，也使我人生中出现了一个重要转折，同时为我自1981年起从事编辑工作和以后的写作奠定了一个坚实的基础。

除阅读外，练习书法也已陪伴我五十余年，从未间断过。1981年10月，



① 《俄洛穷娃》：主要讲述一位小铁匠的生平。

② 《水》：主要讲述群众大搞水利的故事。

我以美术、书法代表的资格参加了西藏自治区首届文代会，成为第一批正式会员。20 世纪 80 年代中后期是我创作的繁荣期，此时除发表一百多篇文字稿以外，还发表了数十幅书法、绘画和摄影作品，并荣获多项各种奖项。多篇诗、文、书法、摄影作品被选入多种图书和全国性期刊。

1997 年，我退休后回到成都定居，不久参加了四川省老年书画创作研究会、四川省老年诗词创作研究会、四川省散文学会、四川省作家协会，并多次参与采风、笔会，又陆续发表了一百多篇诗、文等，于 2007 年出版了《刘原书法作品集》、2009 年出版发行了《走进曼荼罗》一书，同年再版了《中国西藏邮政邮票史》一书。2010 年出版了《刘原诗文集》。我今年虽已 82 岁了，而且久病缠身，但我仍执着于追逐梦想和信念。2005 年我曾写过一首小诗，以勉励自己勇往直前。

浩荡大海一小舟，
敢向深水踏浪头。
纵有百回千折苦，
不达彼岸帆不收！

虽然不时有亲朋好友劝我该享清福，甚至圈内也有人对我说："你写的够多了，还写什么？"我的回答是："无所事事的清福，对我来说，是一种折磨，我倒是觉得现在我的世界里，充满了清风明月，无限风光。"所以近日我又写下一首自勉诗，作为本文的结束语。

八旬鹤未老，
展翅舞东风。
耕耘勤不辍，
高歌夕阳红！

# 探路记

这是一段短暂且惊心动魄的经历，虽已时过50多年，但它仍在我记忆中频掀波澜。

——题记

## 受　命

尼木县离拉萨只有一百多公里，但因为重峦叠嶂，沟壑纵横，交通极为不便，吃穿用度全靠牦牛驮运。1959 年西藏民主改革后，决定修建尼拉公路。

1960 年 4 月下旬，县里决定由我带领一个小组去勘察尼木县通往拉萨的公路线。小组由四人组成：我任组长；小吴是拉萨市城建局技术员，蒙古族；担任翻译的是一位回族同胞；还有一位是藏族同胞，他是我们雇请的牵马人。我们临时组成了一个多民族的小家庭。

这时距离西藏民主改革不久，偏远地区仍有流窜叛匪在活动。这项工作充满了危险，尽管也准备了防身用具，但是我们的心里还是充满了不安。

## 出　征

四月末，家乡应该开始升温了，然而，在西藏仍寒气袭人，甚至会有雪花飘落。

匆匆准备一番后，我们一行四人策马上路。第一天我们走的路线，都在尼木县境内，情况相对熟悉，气候也稍温和，一路上民舍星罗棋布，村中杨树、垂柳，也都开始吐绿，向人们宣示着这是高原上春末夏初的时节，农民在田里吆喝着犏牛春耕，翻过的新土散发着诱人的芳香……晚春的气息令我们忘记了旅途的疲劳，藏族同胞愉快地唱起了民歌。

傍晚时分，我们进入了尼木县与堆龙德庆县交界处，这里海拔已达四千多米，举目四望，满目荒凉，人烟绝迹，气温也骤降到零度以下，寒风似刀，凛割着我们每个人的脸庞。我们赶紧把棉帽耳扇放下，把大衣领子竖起，尽量多裹住一些脸颈，以抵御刺骨的寒风。

## 夜宿小土屋

晚上 9 点多钟，我们爬上了一道山梁，不远处有一小土屋，这是放牧人夏秋季远牧的临时住所，冬春季便孤独地在这里与风雪相伴，显得特别荒凉寂寥。我们已经跋涉了整整一天，十分疲惫，大家商量后决定在这里住一宿，等天亮再走。

小土屋里空空荡荡。我们把行李卸下放进小屋中，点上蜡烛，捡来牛粪烧茶，晚餐就是用清茶抓糌粑，餐后小吴在烛光下整理一天的勘察记录。其余的人则用捡来石头和破土坯，在小屋的门前垒起了一个半人高的平台，一是为了挡住凛冽的寒风；二是一旦出现险情，我们可以把那里当作掩体。

夜里，谁也没有脱掉身上的衣服，甚至连大衣都裹在身上躺在马背套上休息，防身用具就放在各自的手边，随时可以战斗。这一夜，我们是在半睡半醒中度过的，大家都盼望着这个夜晚尽快过去！

第二天早上，当第一缕曙光从半开放的门投进小土屋时，我们都长长地舒了一口气。匆匆用过早餐，我们上马继续前行。

## 半路惊魂

走上山梁，路反而平缓了许多，但由于海拔高，这里没有任何高大的植物，到处都是寂寥单调，只有蓝天上的悠悠白云伴着我们同行。因为空气稀薄，我们都感到呼吸紧张、头痛，打不起精神，连马都无精打采，走起路来像掉了魂似的慢慢吞吞。从早上八点半钟走到下午两点，我们都没有见到任何村舍和人影。

突然，离我们四五百米处，尘土飞扬，隐隐约约现出一队人马，约有六七个人，个个身背步枪。我感到情况不妙，心里第一个反应是遭遇叛匪了！从人数到武器装备我们都不及对方，显然处于劣势，但我们没有退路，只有破釜沉舟，决一死战。我命令大家立即下马，准备战斗！气氛骤然紧张，空气也仿佛凝固了一般。生命对每个人来说是宝贵的，但在这一刻，我们不能退缩，不能犹豫，我们只能为共产主义而战斗！

当我们严阵以待时，却发现对方根本没有停止前进的打算，难道他们没有发现我们吗？这不可能，在空旷的荒原上，视野极为开阔，我们完全在可视的范围内，这使我们十分诧异和忐忑。说时迟那时快，一队人马竟然到了离我们不足五十米的地方，而且还在快马扬鞭。我立即让翻译向对方喊话。翻译厉声喊："站住，不准动！"来者对我们的此番举动显出几分惊慌失措，赶紧勒住缰绳停止前进。

"你们是干什么的？"翻译厉声问道。

"我们是楚布乡农会的积极分子，乡农会派我们到尼木县抓一个逃到尼木的参叛分子。"他们认真地回答着。

"有证明吗？"

"有、有。"

"带证明的人过来给我们看看证明！"

"是、是。"

其中一人把揣在怀中的证明小心翼翼地拿出来。"兹派我乡农会积极分子xx等六人前去贵县抓捕我乡一名参叛潜逃人员，请贵县予以协助为感！"证明是用汉文写成的。看罢证明，我们心中的一块石头终于落地，万万没有想到，一场惊心动魄的遭遇竟是一场突如其来的误会。

“误会、误会！请你们走吧。”

略表歉意之后，双方都从刚才的紧张气氛中放松了许多，上马挥手道别。这时已经是下午两点多钟了，但苦于找不到水源和柴草牛粪，无法烧茶吃饭，我们只有顶着饥饿继续赶路。

小吴不时要用简便测量仪器测量海拔，观察地貌。我们都是门外汉，帮不上忙，只有根据他的要求配合他工作。整整走了十二个小时，仍然没有遇见任何村舍和人烟。天色慢慢暗下来，已经两餐未进的我们，走在寒冷的高原上，心中一片茫然，就像大海中一艘迷航的船帆，无奈地漂泊在茫茫大海中。

凌晨一点，我们走进了一个牧区。突然，一群凶猛的藏獒，狂吠着扑向我们，把我们包围起来。为避免被它们咬伤脚，我们把双脚放在马背上。幸好我们每人随身佩戴了一把腰刀，便抽出腰刀左右乱挥，以抵御藏獒对我们的疯狂攻击。

离我们两百多米的地方，我们发现隐约坐落着十几顶帐篷，便大声呼救，六七分钟后十几位牧民手持电筒和蜡烛，向我们疾步走来。他们将狗喝退，将个别敌意犹盛的狗紧紧抱住，不让它们继续逞凶。近十分钟的危机，终于消除了，我们再三向牧民兄弟们道谢。

虽然安全度过了一场场危机，但我们的心情却一点都不轻松，因为近二十个小时的连续奔波，茶饭未进，我们都疲惫不堪，百感交集。此时我想到了唐朝诗人岑参的一首诗：“走马西来欲到天，辞家见月两回圆。今夜未知何处宿，平沙莽莽绝人烟。”此时，只有此时，我才被这首诗深深地感染。并与作者融化在同一个情感世界里。

深夜的高原，一片死寂，整个茫茫大地似乎只有我们四个人在挪动着。凌晨四点多钟，一条公路突然横亘在我们眼前凭借着对地理方位的判断我们断定这就是拉萨到日喀则的公路。每个人的心头顿时都亮了起来，仿佛迷失方向的航船看到了灯塔一般。因为我们知道，有公路就有道班！沿着公路前行了约三公里，果然发现了一个道班。我们立即下马，走进道班院落，找到相关人员，请求在这里借宿。道班工人听了我们的诉说之后，深表感动和佩服，热情地为我们倒来开水，帮忙搬行李，喝了点开水后我们便就地而睡。

第二天早九点多钟，道班工人准备上工，我们才从酣睡中醒来。此时我们才发现，我们昨晚是睡在像月球表面那样坑洼不平的地上。起床后全身像散了架似的，每一块骨头都疼痛不堪，于是我们决定再休息一天。

实际上，我们对线路的勘察任务已经完成，因为原来的设想就是连接上拉日公路。翌日，我们骑马沿公路到尼木县的麻江区，再转小道回到县里，向县委汇报了这一线路的地理地貌、大约里程和优缺点，县委对我们的探路工作表示十分满意。而我们对沿途所经历的艰难困苦只字未提，决定各自深埋在心中。

# 蜀南竹海行

我游历过许多海，诸如波涌浪跃的东海；万顷碧波的南海；万里耸翠的林海；山舞银蛇的雪海；千态峡峋的石海。就是没有见识过蜀南竹海，常以为憾！

今年初夏，几位朋友约我同去蜀南竹海一游，我虽已年届八十四，还是决定甘冒艰险同行。自成都出发，经过六个多小时的汽车颠簸，终于到了期盼已久的蜀南竹海。

站在“龙吟寺”制高点极目竹海，滚滚绿浪奔来眼底，碧波衔云，远浪接天，其气势不输诸海，而又独具风貌。除具雄浑的气势之外，它还具有芃芃向上的灵动生气，冲高刺天的伟力，清丽高雅和亮节虚心的风骨。竹族所具有的这些特性，成为古往今来文人墨客对竹怀有几近崇拜之情的原因。诗人咏竹颂竹，画家画竹赞竹，将竹拟人化，奉为贞操高洁，虚怀若谷的典范符号，文艺创作的重要对象，如《诗经》中就出现了以竹喻人的诗句：“瞻被淇奥，绿竹猗猗，有匪君子，如切如磋，如琢如魔。”翻译成现代文字就是：“弯弯的淇水岸边，绿竹连片，君子雅士，学问切磋更精湛，品德更高尚。”实际上此处就是用竹来衬托君子挺秀清朗的风姿，虚心有节，把竹子视作君子的象征。

到了汉代，更是将竹赋予人的品格。两汉礼学家戴圣所著《礼记·祀器》中云：“其在人也，如竹箭之有筠也，如松柏之有心也。”把四季常青、不惧风雪的内在气节，升华为天下之大端矣。将竹松引入社会伦理范畴，也奠定了“岁寒三友”的文化基础。

文人常以竹自比，如唐朝诗人刘禹锡在《庭竹》中写道：“露涤铅粉节，风摇青玉枝。依依似君子，无地不相宜。”暗喻自己像竹子一样，无论走到哪里都能自立。宋代诗人林季谦的咏竹诗：“劲节不肯俗，浓荫相映寒，数椽如可惜？时听报平安。”又如元代史学家揭傒斯的《雪竹初霁图》：“已旧尚离披，连朝被压欺。虚心与直节，性有太阳知。”清朝诗人郑板桥对竹子钟情有加，他写竹、画竹、咏竹，他以竹子的坚贞风骨自比：“咬定青山不放松，立根原在破岩中。千磨万击还坚劲，任尔东西南北风。”宋代大诗人苏东坡更是爱竹有加，从他的千古名句:“可使食无肉，不可居无竹。无肉令人瘦，无竹令人俗。”就可以知道。

魏晋时期，以嵇康、阮籍为首的七位文人。因意气相投，常聚于竹林中抒怀吟诗，称为“竹林七贤”，竹海“忘忧谷”中有他们的塑像，栩栩如生。

传说宋代大诗人、大书法家黄庭坚曾在此一条山溪中洗笔而使整条溪水变成黑色，故称为“墨溪”。还传说武则天初为尼时曾来过“龙吟寺”坐禅。

蜀南竹海除了它特有的魅力之外，还有许多景点值得游赏，如“观云台”“龙吟寺”“仙女湖”“海中海”“青龙湖”“忘忧谷”等，这些景点给竹海增添了许多历史典故和文化内涵，使自然风景和人文景观融为一体，成为一曲和谐美妙的乐章，又是一幅浑然天成的壮丽画卷。

蜀南竹海不仅给人们的精神带来了愉悦，还给人们在物质上带来了巨大的馈赠，人的衣食住行都有它的身影，如工具、餐饮、医药、赏玩，甚至在过去人们的住所有些也是用竹子建成的。人和竹几乎成了形影相随，密不可分的关系。几千年下来，在我国逐渐形成了一种多彩多姿的竹文化，极大地丰富了人们的生活内容。我们到的当天，晚餐就是享用的“全竹宴”，这是我生平中还是第一次享此口福。有些东西不仅没吃过，也从未听说过，如竹荪蛋、竹燕、竹耳等，可见一个人的见识实在有限，反观之，竹海的物质着实丰富。

此番竹海行，我对竹的认识和感情，有了新的升华，过去受文人墨客对竹的描述所影响，认为只是一种坚贞持节，虚心高洁的正人君子形象的象征，现在我以为这仅是竹子品格的一个方面，而它还有更高大，更可赞颂的是它无私奉献精神，这是一种伟大的品格，受其感染，我即草成一小诗赞之。

生来不为名，隐居深山中。
甘为人献身，世代一脉承。
人谓真君子，我谓盖世英。
天经立伟业，济世建殊功。

对一百二十多平方公里的蜀南竹海，我们不足两天的行程，只能是皮毛之见，走马观花而已，有意者当亲临蜀南竹海，详观细品，定能获得精神财富，岂不是人生一大乐事。

# 抗美援朝记事

今年是抗美援朝战争胜利70周年，中国在建国不久而面临诸多困难的情况下，毅然派出中国人民志愿军入朝，和朝鲜人民军并肩战斗，历尽近三年艰苦卓绝的战斗，终于逼迫敌人同意停战。这是一场伟大的胜利。我作为抗美援朝的一员，对此勾起了一些心潮难平的回忆，以“抗美援朝记事”为题，再现那段我所经历的惊天动地的历史图卷，以纪念这场伟大的胜利！

——题记

著名作家丁玲曾说过：“人常常会遇到一些意想不到的事情。”人生经历的变幻莫测，使我深刻感悟到这句话的含义。

1953年初春的一天，我和往常一样，正十分投入地工作着。领导突然找我谈话，他微笑中略带几分激动地告诉我：“小刘，中央决定成立志愿军随军银行，组织上决定调你去随军银行工作，请你做好准备……”听他说完后，我那颗平静的心突然像开了锅，顿时沸腾起来。我十分清楚，这意味着在我的人生历程中将出现一个重大转折，我将面对一场惨烈的现代战争，去接受血与火的洗礼，适应异国他乡的语言障碍和一切陌生的环境，还有那不可测的命运。但作为一名热血青年，凭着对党、对祖国、对人民得一颗赤诚之心，我毅然决然地踏上了征途。

随军银行是由东北、华北和华东地区抽调部分银行业务骨干和部队里有一定文化水平的干部联合组成。我们来自地方的同志和前方回来的同志，在沈阳东北区行[1]共同学习了一个月有关随军银行的宗旨、职责和业务范围。除此之外，我们地方来的同志还要向前线回来的同志了解朝鲜战事和在朝鲜应注意的事项。

1953年4月中旬，我们在激越的军歌声中跨过了鸭绿江，首先进入我们视野的是朝鲜的新义州。新义州虽与我国的丹东市仅一江之隔，但那建筑得森森残骨，到处累累的弹痕和不时传来敌机空袭尖厉的吼叫声……这一切都表明我们已进入了战争的边沿，等到夜晚，借着夜幕的掩护，我们又重新上路。战争期间，由于敌军不断地派飞机到朝鲜后方各地狂轰滥炸，部队的所有车辆都是借着漆黑的夜色和白天偶尔出现的阴雨天气的掩护才能行动。我们在旅途中就像猫头鹰一样，都是昼伏夜出。经过两天的艰苦跋涉，终于到了目的地——志愿军后勤司令部。志愿军随军银行总行就设在这里，实际上它和后勤司令部所属的财政部在一起办公。

财政部散住在一座大山的山腰，离地面有百余米，山上有许多大而茂密的栗子树，就像一柄柄巨伞，形成了天然的防空伪装。我们住的"房子"就像新石器时代我们先民住的房子，一半在地上，一半在地下。有所不同的是先民们采取的是垂直结构，而我们则是横向结构，因为我们是傍山而建，卧室部分深入山体四五米，办公部分紧接洞口外延两米多，墙用土或石块砌成，用圆木盖顶，顶部筑了一米多厚的土层，放上树枝或让其杂草丛生，以作伪装，让敌机"有眼不识泰山"。外延部分有一排虽不高但很宽的窗子，这样就给办公室带来足够的亮度。

随军银行的业务，主要是解决部队各级的财政结算，干部战士的存款、汇兑、抚恤金的汇寄以及部队的金库出纳等。我们到达志愿军后勤司令部的当天晚上，财政部为欢迎我们，举办了盛大的舞会。当我们接到邀请时，我们都感到震惊和不解，敌机不时从我们驻地上空掠过，"高兴"了还要丢下

① 当时人民银行在各大行政区设有区行。

几颗炸弹，这里别说舞厅，就连一间像样的房子都没有，到哪里去跳舞啊？

夜幕降临后，财政部的一位干部带我们一行数人踏上了神秘之路，转了一道山梁，来到了一个山洞口，我们跟着引路者鱼贯而入，进入洞内豁然开朗，至少可以容纳百余人的厅堂，装饰得五彩缤纷，加上闪烁的灯光，还颇有点流光溢彩的华气。我们顿时被这出乎意料的场景惊呆了，不禁啧啧赞叹战争与和平同在，硝烟与欢乐共存，革命的乐观主义成为战胜一切的源泉。

主持人致开幕词后，舞会便开始了。音乐伴着欢声笑语和轻盈的舞步，人们都洋溢在无限欢快之中，仿佛战争已离我们远去。尽管偶尔也能听到不知何处传来的沉闷的炸弹爆炸声，但我们都置若罔闻，因为它已成为我们舞会的伴奏曲的一部分。不知不觉两个小时已偷偷溜过，人们还余兴未尽，可时间就是命令，人们只好把甜蜜带回自己的梦乡，以迎接第二天的战斗。

第二天吃过早饭，财政部又请我们看电影，这更使我们陷于迷惑不解，我窃窃思量，这里即使曾有过电影院，恐怕也早在敌人的狂轰滥炸中灰飞烟灭，大白天又是敌机逞狂之时，说不定何时就来“拜访”我们，到哪里去看电影呢？我们带着这个难解的悬念跟着一位处长去寻找答案。

在峰回路转的简易公路上走了大概一公里路程，绕了几个弯，抬头望见右侧山腰上，有一个普普通通的山洞，距地面约五十米，距山顶近千米，一条盘旋小路直通洞口，洞口也不大，高不过二点五米，宽不过二米，略呈不规则的竖长方形，我们跟着那位处长爬进了山洞。进山洞之后反倒没有山洞的感觉了，完全像一个礼堂兼电影院。整个空间面积有五六百平方米，空间高度约四米，我饶有兴趣地数了一下座位，整整五百一十四个，宽敞的厅堂和舞台、化妆室、休息室等一应俱全。四周墙壁全部用木板拼装，顶部用铁皮吊顶，和当时国内中小型礼堂或电影院相比毫不逊色。据那位处长告诉我们，中央赴朝鲜慰问团京剧团曾在这里演出数场，当时中国京剧界多位大牌明星曾在这里合演过著名京剧《群英会》。

电影开映后，我并没有专注于看电影，而是深深地陷入沉思之中。在当时还没有现代工具帮助下，要在山中打出一个如此宏大的空间，战士该付出多少血汗！我们曾参观过战士们打山洞、隧道等用过的十字镐和钢钎，四十厘米长的十字镐头，被磨损得仅剩十几厘米，而长长的钢钎也随着时光的消逝而不断地缩短，直至短得不能再用。磨去的钢铁和血肉助长了战士们的气势，将他们的意志磨炼成了钢铁。他们是当代的英雄、真正的英雄、无名的英雄！他们虽然无名，可他们用鲜血写成的英雄史诗，将永垂青史！

我们在志愿军随军银行总行工作了一段时间以后，按计划被分配到了各分支机构。当时军级建制为分行，师级建制为野战金库，团以下未设随军银行建制。我们地方来的四位同志被分到第六十七军，一位来自与我同乡的处级干部被分在分行任领导职务。我和两位东北籍的干部分别分在第六十七军所属各师的野战金库，我被分在第一百九十九师野战金库。记得在六月初，我们一行四人便启程向新岗位赴任。此时，离达成停战协议为时不远，敌我双方为扩大实控地盘，正展开激烈的战斗，同时敌人也加强了对我军事目标和交通线的空袭和炮轰。

我们动身的那天，天空阴沉沉的，这对平常出门的人来说，也许是一种晦气，而我们却为此十分庆幸，因为这是行军的最佳天气。到了下午，下起了倾盆大雨，我们乘坐的是辆苏联“吉斯”大卡车，车厢没备篷杆，一块盖货用的大苫布满铺在车厢中，一场大雨，车厢里积水足有30厘米深，我们就坐在水中随车摇动，刹那间我们仿佛变成了鲜活的水产品。尽管坐在水中，但由于长途跋涉的疲惫，仍打瞌睡，不时有人一头扎进水里，我就反复遭遇了两三次。扎一下倒也痛快，因为暂时驱走了瞌睡虫的纠缠。下午四五点钟，大雨终于停了，我们让司机停车，把车里的水抖掉，稍事休息又重新赶路。晚上八九点钟，我们赶到了大同江边的顺川，江面有百余米宽。这里原有大桥已被敌人反复炸毁。

你有利矛，我有坚盾，志愿军战士们便想出一个对付轰炸的好办法，在大同江两边拉起四条钢缆，每天夜幕降临，江两边各一个排的工兵，用厚约五公分的木板，自两端迅速向中间铺排。他们做起来就像纺织女工穿梭一样熟练快速，约半个小时，一座大型吊桥便飞架东西，汽车就可以通过了。天亮前汽车停止过桥，战士们又重复着晚上的动作，从中间迅速把桥拆掉，白天就只剩下四条钢缆了，远远望去，不过像四条风筝线而已，敌机就是发现了也无可奈何。

我们到达大同江桥时，待过江车已达几十辆，因每次只能过一辆，预计轮到我们时，起码要等两个小时。我们已疲惫不堪，晚饭也没吃，况且我们的被子还像吸了水的海绵一样。司机提出建议，我们干脆先找地方吃饭，明天休息一天，明晚再过江。这建议对我们来说，犹如雪中送炭，我们立表赞同，司机便掉头走了约两公里，向公路右侧拐进了一苹果园，我们向果园主人说明来意，主人友好地接待了我们。我们一边做饭，一边烘烤湿漉漉的被子，我们正在吃饭的时候，突然传来三声清脆的防空哨发出的预警枪声，一会敌机便在大同江上空投下了几颗照明弹，连我们所在的苹果园都亮若白昼，紧接着便听到几声巨响。

“敌人又来轰炸了。”司机用司空见惯的口吻说。“多亏你的高见，使我们今晚躲过了一场劫难！”我们无不佩服地说。第二天，雨过天晴，强烈的阳光帮了我们大忙，我们的被子在阳光的帮助下才恢复了原貌，我们借着苹果树的掩护，聊天散步，尽情地享受了一天和平的时光。

这天晚上吃了晚饭，天刚擦黑，我们便赶到了大同江桥头，仅等了数分钟便顺利过江，长驱而行，也松了一口气。但走了不久，又遇到惊险的一幕。在一个十字路口汽车突然熄火，司机、助手赶紧下车修理，防空哨兵随即过来催促：“这里是敌人的封锁线，不能停车，快走！”司机连忙说：“我们尽快，我们尽快！”在司机修理汽车的时候，我们向防空哨了解到，这地方叫新城川，是交通枢纽，敌机不管发现目标与否，每 5 分钟来轰炸一次。防空哨兵指着离我们十余米远的一个弹坑说：“这是半个小时以前炸的。”说话间司机已将汽车发动，延误了最多不过三四分钟。我们离开这地方不过三四百米（这地方汽车不能开大灯行走，车速很慢，敌机来时，连小灯也不能开，但车又不能停，就靠助手穿件白衬衣在前领跑，司机跟着绰绰白影缓慢地开行），敌机又来了，但这次却没有投弹，虚惊一场。实际上，在整个朝鲜北部，像新城川这样的封锁线还有很多，特别是靠近沿海的城镇，不仅遭到空中封锁，还遭到敌舰炮火的双重封锁。朝鲜东部海滨城市元山，在近三年的战争中，敌军从空中和海上倾泻了两百余万吨炸弹，每平方米平均落下两三枚炸弹。我到元山时，这座城市已不复存在，只剩下几条支离破碎的破船骨架，凄然躺在海边。

第三天，又是一个阳光普照的日子，我们不能前行，便停在离公路不远的一棵大树下休息。我们分头去捡柴做饭，刚把火烧起，就听到飞机轰鸣声，只好把火迅速扑灭，躲到树下，待敌机离去后，我们才重新点火做饭。

太阳落山后，我们披着夜幕又上路了。这几天战事发展变化很快，我军在东线向前推进了几十公里，因此司机对路也开始生疏起来。走着走着，对面前方炮火轰鸣，火光冲天，司机也心虚起来，便停车问防空哨第六十七军军部怎么走？防空哨兵说："你们要是前天到这里，这里还是敌占区，再往前走不到十公里就是激战的前线了，你们赶紧掉头往回走，走四十多公里就到了。"我们不约而同地说："好玄啊！"

由于路况很差，加上敌机的不断骚扰，四十余公里路程，竟走了两个多小时，赶到军部已经是凌晨。接待我们的同志，对我们如同久别重逢的亲人一般热情亲切，而我们经过三四天艰苦坎坷的旅途，遇此情此景，就像回到了自己温暖的家，心里热乎乎的。

安顿下来之后，军后勤部的首长对我们讲："近期战事发展很快，我军向前推进几十公里，各师作为前线指挥单位，要随着部队的推进而变动驻地，现在离停战已为时不远，你们可先在军部工作，待停战后再去各师建立野战金库。"

我们在军部仅工作了一个多月，一个震撼全世界的日子诞生了。1953年7月27日，中朝军队和"联合国军"正式签订停战协定。这是世界爱好和平的人们欢欣鼓舞的日子，也是一个永恒纪念的日子。而我们第一百九十九师在和平的第一线曙光里，建立了随军银行野战金库。师财务科长兼任金库主任，我任会计，从师财务科调了一位出纳员，这就是最基层一级随军银行的建制。我们虽然人手少，但还是在极其艰苦的条件下圆满地完成了任务。1954 年 10 月，随着大批部队回国，随军银行也完成了它的历史使命，我也于 10 月底回到国内，并奉命搞了近两个月的随军银行结束的扫尾工作。

12 月，我回到了山东省分行会计处。这段峥嵘岁月，虽然已流过 70 个春秋，但它就像刻在我心上的碑，永志不忘。

# 记一位抗日英雄

历史长河任性地流逝，经过历史风云变幻洗礼的人，同样任性地不忘那些腥风血雨中发生的故事。

1937 年的秋天，我刚满六岁，还是一个懵懂无知的顽童。一天中午，看到家里午饭尚未做好，便悄悄地溜去村前的一个水塘玩水去了。正玩的兴浓，突然一发炮弹落在了离水塘约三四十米处爆炸，这罪恶的炮弹，顿时惊破了这和平村落的宁静。我对此虽不知里表，但意识到这是不祥之兆，随即爬上塘岸迅速向家里跑，此时已枪声大作，子弹在头顶呼啸飞过。跑到家中，只有我奶奶一人在家，并惊恐地告诉我："你爹娘在丁家村，你赶快跑去找他们！"

我们刘家村到丁家村有一条大道[①]，我出村时顺大道疾跑，只看到子弹在我脚下吱吱响着钻入土中，溅起的尘土落在我的脚上，却没有击中我的小脚。但我顿悟到这是一条危险的路径，因为这条大路失去村中房屋的遮挡，低空飞来的子弹就有击中人的危险，我迅即掉头往回跑，有了房子遮挡后子弹只能高空飞过。我迅速钻进高粱地，一路向北狂奔，不慎一脚踩到楂子[②]上，右脚拇指处被戳了一道口子，鲜血直流，但这时已无心他顾，只想找到父母。

① 可走大车的路。

② 高粱中的病变种，农民为防止传染良种，随时将其割掉，留下 10 多厘米的根部，俗称楂子。

我全力奔跑了约四五分钟，到了丁家村村头的一块墓地。错落的坟茔后面，趴满了我村的男女老少，其中也有我父母兄姐。我母亲一把将我搂在怀中，问长问短，仿佛久别重逢之慨，其实我什么也不知道。我看到所有的人都惊疑着，惶恐着。

枪声突然停止了，人们站起身向刘家村方向张望，似乎在探寻某种期望和慰藉。但是除了高粱、玉米形成的茫茫绿海之外，什么也看不到，只有惆怅和无奈在纠缠着人们。须臾，我们村里来了一位中年人，人们急切地围拢上去寻根问底，中年男人说："听说县城里的日军出来扫荡游击队，但一路没有见到游击队人影，打到我们村头便回城去了。"人们听了他这一席话，顿觉一块重压心头的磐石释然落地，刚才那种令人窒息的空气也倏然而逝，人们开始慢慢地返回家中。

第二天，日军突然扫荡的谜底终于揭开。卢沟桥事变不久，日军便侵占了半个中国，距东北较近的山东省首当其冲。日军的奸淫烧杀，激起了全中国人民的同仇敌忾，有不少铁血青年，自发组成了抗日游击队。离我们村仅 2 公里之遥的三安子村，就组建了一支抗日游击队。东乡有一位青年人听说后找到游击队要求参加抗日游击队伍，当时游击队正处初建阶段，虽不缺队员，但缺乏枪支弹药。没有武器，队员再多也无济于事，游击队长非常清楚这一点，他便客气地告诉这位热血青年："我们现在缺的不是队员，而是武器，你如果能提供枪支弹药，我们将十分欢迎！否则恕不接受。"青年人听了游击队长的话之后，只好离去。

次日一早，青年人便进入潍县县城[①]。县城的布局是一城四关，城里有坚固的城墙，日本占领军司令部设在城里，四个城门都设有双岗哨警戒，只有东关城门是单岗哨守卫。青年人了解这些情况之后，他决定去东关城门起事。上午约 9 时左右，出入城的人络绎不绝，青年人跟着入城的人进入东关西门，他发现日本哨兵自恃无人敢犯，并没有特别警惕，青年人觉



① 解放后改为潍坊市。

得这是动手的绝佳机会，他便跟着众人走近哨兵，以迅雷不及掩耳之势夺取日本哨兵的步枪，并迅即举枪刺向哨兵的胸膛，日军哨兵就像一根被斩断的木桩，扑通一声倒地，气绝而亡。众人见状四散而逃，青年人提着枪跑出城外，夺路向北疾跑。那时的县城和现在不一样，出城不远便是庄稼地，而秋季正是高粱、玉米长成之时，株高都在 2 米以上，人进入高粱地，就是天然掩障。要想在高粱地里找人，犹如大海捞针。

再说日本军方，也很快知道了日本哨兵被杀事件，一面调查询问目击证人，一面调集追兵。目击证人用手指向了西北方向，并说抢枪人就向那边跑了。日本鬼子不知真假，只好按目击证人所指方向盲追。我们刘家村就在县城的西北方向，所以也就成了开篇提到的那一幕。日军的枪炮一路倾泻到我们村，但结果是除了吓飞几只麻雀以外，别无所获。

第二天，这位青年人的英勇事迹已传遍全县，老百姓无不为这位孤胆英雄的惊天气概赞叹和自豪！而这位青年人也如愿以偿地当上了一名光荣的游击队员。日本战败投降后，一个偶然的机会我曾见到过这位轰动一时的大英雄，听大人们说他姓徐，已升任排长。此时他已 30 多岁，高个，皮肤黝黑，眼窝微陷，看上去有沉默寡言之感。待我成年之后，再未听说他的下落，但他的英雄事迹，一直铭记在我的心中。

今年正值中国人民抗日战争胜利 70 周年之际，在感念之心的驱动下写成此文，以纪念这位抗日英雄。

2015 年 4 月

# 甘丹寺纪游

圣地拉萨，名胜古迹荟萃。除著名的布达拉宫、大昭寺、小昭寺和罗布林卡外，还有著名的甘丹寺、哲蚌寺、色拉寺。三大寺中甘丹寺建寺最早，建于明永乐七年(公元1409年)。它在风雨沧桑中已度过了五百九十一年了。由于它是格鲁派始祖宗喀巴亲自主持兴建，应运而生注定了其非同寻常的地位。

甘丹寺虽属“三大寺”之首，但它却不像色拉寺、哲蚌寺建在拉萨市区，而是建在达孜县东端，遥距拉萨约五十公里。久居拉萨的我，一直没有机会参观这一名胜古迹，为此常常遗憾于心。于是一睹甘丹寺的风采，便成了我的一大夙愿。

一个偶然的机会，终于使我如愿以偿。去往甘丹寺由拉萨乘汽车沿川藏路东行，约两个小时即可到达。大概由于心切，觉得这两个小时比平常长了许多，一路上不停地翘首张望，以期甘丹寺突然奔来眼底，以慰我那颗迫不及待的心。

九月的拉萨是美丽的，天蓝得像一块硕大的宝石，剔透而瑰丽，常常令人沉入浪漫的梦幻。连绵的山峰，把天际剪裁得起伏有致，一扫万里无云的单调感。公路两边绵绵的金色青稞地，不断被秋风掀起滚滚金色浪花，翻涌着消失在渺远的边际。一片浓绿掩映的村舍，就像镶嵌在这金色大地上的翡翠。远处，不时传来正在秋收的农民的欢快歌声。这一切，构成了高原特有的浓烈而朴素的秋色画卷。此情此景，把人撩拨得眼迷心醉！

不知转了多少个山弯，终于到了汪古尔山的山脚下，但由于坐落在卓日山的山窝里，从山下难以看到他的真面目。举目仰望，足有一千多米高，要想徒步爬上去，没有一个小时，难及目的地，幸运的是从山脚到甘丹寺，新修了一条弯曲得像肠子一样的公路，汽车可直达寺院。

汽车倾斜着身子艰难地向上爬，司机不停地加大油门，汽车发出闷声闷气的嗡嗡声，使人觉得连汽车都怵这崎岖陡峭的山路。此刻，我油然地遐想，拥有三千三百名僧人居住的僧舍和诵经、修法的殿堂，构成了几万平方米的庞大建筑群，在五百多年前生产力极其落后的条件下，那么高的山，大量的建筑材料靠人力搬运上去再建造这样一个规模宏大、金碧辉煌的寺庙群，是何等的悲壮！令人感叹！甘丹寺是藏族劳动人民用血汗和智慧凝成的结晶，它闪耀着西藏独特文化的光辉！

随着慢腾腾的车轮差不多转了四十多分钟，我们终于到达了甘丹寺。它坐北向南，顺山势而建，整个建筑群呈弧形，按梯次排比，佛堂僧舍，参差交错，直达山巅，气势阔美壮观！

甘丹寺，全称为甘丹朗杰林。雍正十一年（公元 1735 年），清世宗曾御赐名为“永泰寺”。

宗喀巴[①]系青海宗喀地方人，他十六岁进藏，先后在卫藏许多寺院学习显密教法，二十五岁获得格西[②]学位，二十九岁开始讲经授徒。由于当时西藏佛教积弊甚多，清规戒律废弛，他便以源于阿底峡[③]的噶当派教义为宗旨，进行改革创立了格鲁派，也有人称格鲁派为新噶当派。宗喀巴为了推行其宗教改革运动，建立起自己的佛教基地，作为培养弟子，弘扬教义的场所。因此，甘丹寺的兴建，同时也标志着格鲁派兴起。

宗喀巴为何选址在卓日山山坳建寺，真正原因不得而知，但在藏族中流传着一个颇为浪漫传奇的说法。宗喀巴为了传播教义，到处云游，一天，

① 巴是藏语人的意思，宗喀巴即宗喀地方人，宗喀巴真名为罗桑扎巴。

② 格西是藏传佛教一种学衔。

③ 阿护罗人，今为孟加拉国。于公元十一世纪上半叶来到西藏，创立噶当派。

宗喀巴行至卓日山脚下，突然一只乌鸦自凌空俯冲而下，双爪把宗喀巴的帽子抓走，然后在卓日山上空盘旋三圈后将帽子丢在卓日山山坳里，叫了几声后离去，消失在茫茫长空中。宗喀巴心想，这定是一只神鸟，是神示意让我把寺庙建在这里。于是便和随从爬上卓日山观看，发现地形宛如一只安详温顺的卧鹿，于是便决定在这里修建甘丹寺。

甘丹寺的建筑总面积约三万余平方米，其中规模最大的为措钦大殿，据说有一百零八根柱子，一千六百多平方米，可容纳三千多喇嘛诵经。夏孜扎仓和绛孜扎仓亦颇具规模，各近千平方米。里面的壁画和造像，十分精美。阳巴坚是该寺的护法神殿，其规模仅次于以上几个殿堂，殿内后墙是一块巨石，僧人们称其为飞来石。传说是从印度的阳巴井地区飞来，由此而得名。殿内的壁画，相传是宗喀巴的大弟子克珠杰[①]亲手所绘，画风简约流畅，色彩朴实淡雅，是明朝时期西藏壁画的典范。僧人们说，过去这座殿堂里还供奉着清朝乾隆帝御赐的一个镶有宝石的盔甲，盔甲上刻有汉、藏、满、蒙四种文字。可惜这珍宝已不知去向，仅剩下一个空空荡荡的厅堂寂然矗立着。

我们又参观了几座已修复的殿堂之后，一位热心的僧人向导带我们绕着汪古尔山转了一圈。山背后虽无殿堂塑像，却有不少生动有趣的传说故事，吸引着来自各地的人们。

转过一道微突的山梁，视野顿时开阔，俯视山下的川藏公路，宛如一条银龙，在金色的拉萨河谷中蜿蜒伸向远方，汽车络绎不绝地穿梭着，给这块古老的土地带来了现代的生机。

汪古尔山东北角的尾脉缓缓伸向拉萨河边，传说它是蛇魔的尾巴。它对面的一座山，向拉萨河畔伸出了一个钳形的山谷，传说那是蝎魔的一只螯，蝎魔和蛇魔共谋要把拉萨河挡住，以水淹没甘丹寺，宗喀巴识破了它们的诡计，便制服了它们，从此，蝎魔和蛇魔便被永远禁锢在此不能动弹。



① 克珠杰为宗喀巴的得意门生，为八大弟子之首，出道后在日喀则兴建了著名的扎什伦布寺，后被追认为一世班禅，传说他是位著名的壁画大师。

山路的右侧有一座石砌的方台，据说就是宗喀巴当时的诵经台。

继续前行，在山路左边有几块质地坚硬的大青石，有几幅生动的线刻佛像，相传是宗喀巴和大弟子克珠杰用指甲互刻的肖像。

再往前走，路左边有一块宽约一米五六，高约八九十公分的石头，向着路的一面比较平滑。僧人向导对我们说，这是一块神石，用右手做成筒状，闭上左眼，用右眼对着神石静看片刻，可看到拉萨的布达拉宫、药王山或其他地方。有的人乐呵呵地描绘着说看到了这、看到了那，可我仔细地看了半天，除了那些天然形成的不规则条纹以外，什么也没有看到。

僧人向导带着我们又转到了山的东侧，有一座规模不大的殿堂，依山而建，陡立的山石成了殿堂的内墙，石壁上刻有宗喀巴的圆浮雕像，这是宗喀巴的修法殿。相传宗喀巴选中这块圣地的时候，首先在此落脚，想在此先建一修法殿，以便修法诵经，但地方狭小，宗喀巴便将一块碍事的重达数十吨的巨石推到了一边，这才顺利地修建了这座护法殿堂。

绕山一周，一路上的每条小径，每一块石头，甚至一草一木，都有着妙趣横生的传说，这篇短文实难尽收。

匆匆两个小时地参观游览，总觉得余兴未尽。我十分留恋地凝视着这恢宏壮丽的建筑，回味着稀世的壁画，生动的石刻以及诱人的传说故事，不由自主地陷于一种深沉的冥想中。嘀嘀…嘀嘀…几声急促汽车催行喇叭声，把我从沉醉中唤醒，便和同伴们急匆匆上了车，在斜阳中踏上了归途。

1983 年 5 月

刊于《西藏群众文艺》

# 拉萨的早晨

拉萨是美丽的，拉萨的早晨更美丽！

当东方第一缕曙光唤醒布达拉宫时，布达拉宫犹如一位睡美人，向着熹微的霞光撒娇。氤氲叆叇，轻轻地罩着她的面庞。似隐似现，含情脉脉地流露出几分含蓄和妩媚，撩拨得令人心醉。

当红球乍现，半天曙红，大昭寺的金顶和高楼大厦染上了一抹淡淡的橙色，但远处仍然被笼罩在一层青蓝色的冷色调中，中间则构成一种蓝紫色的中间色，就像国画中的山水浑然。两种色彩的互相渗透，形成一种微妙的过渡色，令人倍觉神秘浪漫，若梦若幻，如诗如画。

随着太阳的升腾，片片白云显现在淡蓝色的天空，仿佛是上苍献给拉萨的吉祥哈达，祝福拉萨早安！

拉萨河宽阔的胸怀，将拉萨壮美的早晨映入我的心中，水光山色，浑然一体，更给拉萨增添了无穷魅力。

寺庙的藏香和转经人在路边香炉里燃烧的桑烟，也冉冉升起，浓香弥漫整个拉萨晨空。彩色经幡伴着微风漫舞，如彩虹挂天。庙顶翘角上，风铃轻轻奏着舒缓的晨曲，娓娓动听。深巷里飘出诱人的酥油茶香，这是一幅多么美妙祥和的画卷！

朝霞把拉萨新城的高楼大厦勾画出一个清晰的轮廓，更显得清丽伟岸，给这座古老的城市增添了一种现代的壮美、生气和活力，把古老得凝重、古朴的氛围和现代的气派、时尚相映成趣，彰显出拉萨特有的风貌。

宽阔现代的马路上，开始流淌着车水马龙，上班族和学生快速滚动地自行车轮，急促的脚步，汇成纵横交错的河川，湍湍地流向四面八方。

行商坐贾，也开始了新一天的财运之梦，琳琅满目的商品和花花绿绿的各色阳篷，这一切尽显拉萨空前的繁荣景象。

为了今天，也为了明天和后天，所有的人都开始了新一天的忙碌，去谋划拉萨新的蓝图。

拉萨的早晨，凝重、神秘、恬适、和畅；又具生机勃发，活力张扬，欣欣向荣的气势，真可谓古风新韵，别具风采，金玉同辉。

2006 年

刊于《散文潮》春季卷

# 探宝大昭寺

当你偶然揭开尘封千年的历史，突然触摸到仍生机勃勃的古人智慧时，你的心灵，会立刻凝固成一块激动的化石。

1980 年，当全国的艺术、文物工作者都开始忙碌着抢救保护文化遗产时，西藏美术界也组织了一个包括民间画师在内的五十余人的临摹壁画的队伍，分赴各地临摹那些优美珍贵而又岌岌可危的壁画。其中留在拉萨的有十余人。一天，我和何琦等四五人到大昭寺搜索我们的目标。我们就像扫雷战士那样专注而仔细地察看每一个角落和每一块墙壁。当我们转到正殿二楼左侧走廊上时，陡然发现被长期烟熏雾罩的内壁上，隐约可见有壁画，但是玉是瓦，还无法一目了然，我们伸长着脖子，目不转睛地仔细观察，顿时使我们为之一振，情不自禁地发出惊叹声，是吐蕃早期的壁画！吐蕃早期的壁画在西藏极为罕见。这应该是建寺时的作品，估计最迟绘于公元 643 年（大昭寺始建于 641 年，历时三年建成），比古格王国遗址的壁画还早了两个半世纪。这一发现，令我们都沸腾了，就像淘金者发现了一个硕大的金矿一样，难掩兴奋和激动！

由于一楼大殿千百盏酥油灯长照不息，漫漫岁月的烟熏火燎，形成了一层厚厚的污垢，不除垢难见庐山真面目，更别说临摹了。但污垢清理起来非常困难，为避免伤及画面，既不敢用水，更不敢用除污剂，只有干擦一遍，就像擦拭刚出土的珍宝那样轻轻地反复擦拭。约有 10 余平方米的画面擦拭了大半天后才清晰地呈现在了我们面前，由于长期氧化导致部分画面剥落但仍难掩其整体神韵。这幅壁画的风格明显地和其他时期的壁画不同，线条粗犷简练，色彩单纯，用红、绿、蓝、黄等几种单色渲染，几乎看不到过渡色的运用。在某些需要勾勒金线或点饰的地方，可能因为当时调金粉的胶水浓度过大，或者当时尚无细毫笔之故，附着的金粉相当厚。特别是点饰处，固化的金粉凸起很多，估计有半克金之重。壁画中的人物造型，带有明显的犍陀罗[①]艺术特点。犍陀罗国王迦腻色迦提倡佛教，犍陀罗的艺术家在绘画人物造型时汲取了古希腊、罗马艺术精华，形成一种新的艺术风格——犍陀罗艺术，其风格的人物造型生动，对人体做适度夸张，突出女性的身体特点，胸部丰满，臀部宽大，而腰部则特别纤细，后人称为三道弯构图。它赋予了人体以抑扬顿挫的音乐美和清溪流淌的动感，令观者享受到人体美的神韵和造型艺术的美妙。这说明当时的画师已经认识到，艺术的使命不仅仅是客观世界的翻版和物象的重复模造，更是把客观物象典型化，强调其精妙之处，把司空见惯的自然存在升华为魅力无穷的艺术。画面布局疏松旷达，给人以胸开气阔的感觉。

大昭寺经多次维修，每次维修都要大面积覆盖老的壁画，所以西藏早期壁画所剩无几，特别是吐蕃早期壁画更是凤毛麟角。那么也许会有人提出疑问，它到底是不是吐蕃早期壁画呢？这里的答案是肯定的，其因有六：

一是因为它所处的位置偏僻。这幅壁画位于大殿二楼左侧走廊上，这里既无神龛，也无塑像，它是一间闲杂仓库的一面墙壁，朝佛者、旅游者对此不屑一顾，是一个人迹罕至的角落，因此不易遭到损坏。寺庙维修时也往往不注重这些角落；

二是常年被千百盏酥油灯烟熏，烟垢厚厚地覆盖了画面，它就像一块金子被埋在了地下，长期在人们的视界里消失了，后人也就难以欣赏到它的艺术魅力和研究其艺术、文物价值了。有弊则有利，烟幕的覆盖，形成了一道自然保护层，使它降低了受害的程度，乃至幸免了灭顶之灾；

三是在艺术风格上，这幅壁画与吐蕃中晚期以后的所有寺庙壁画都有



① 犍陀罗在今巴基斯坦白沙瓦一带，公元一世纪，大月氏入主犍陀罗，迦湿弥罗（今克什米尔）及印度的秣菟罗等国，建立贵霜王国（一世纪至五世纪）。

明显的不同。从布局到线条勾勒和设色渲染，都十分简约粗犷，舒放旷达，人体造型强调变化，富有韵律和动感，而吐蕃中晚期的作品，就宏观而言，受犍陀罗艺术风格的影响越来越弱。这是由于藏族绘画师善于广泛吸收和融合，既吸收了印度佛教艺术的特点，也吸收了中原绘画艺术的特点，加上绘画者的融会贯通，便产生了西藏独有的绘画风格。所以西藏各地的寺庙中，甚至在同一个寺庙中，就有着历代不同的壁画风格。实际上这也是整个人类文化演进的共同规律；

四是为了使这个推断更为准确，我曾在廖东凡先生的导引下专程登门拜访了学者格桑旺堆先生，向其请教这幅壁画的绘制年代。格桑旺堆先生很肯定地对我说，这幅壁画是建大昭寺时画的，那时佛教传入西藏时间不长，西藏还没有培养出自己的壁画人才，故建大昭寺时从尼泊尔请来了壁画艺人，壁画都是尼泊尔画师画的。他还说，你们可仔细观察一下，画中的人物形象都像尼泊尔人。以上说法虽系一家之言，但与我们对西藏壁画的观察研究、分析判断不谋而合；

五是敦煌研究院研究员霍思亮先生闻知此幅壁画，曾专程来拉萨找到我带他前去参观，他也认为这是吐蕃早期的壁画；

六是为从科学上确证，何琦同志将临摹壁画送北京展出时，特带了此壁画的一点墙皮，进行了碳 14 测试，结果证明在年代上与吐蕃早期基本吻合。

综上所述，这幅壁画基本上可以判定为吐蕃早期壁画，我在拉萨、山南、日喀则等地部分寺庙进行了三个多月的考察尚未发现比这更早、风格类似的壁画。

就目前，大昭寺这幅吐蕃早期壁画的珍贵价值不言而喻。它的发现，给西藏壁画的发生、发展，提供了一个较为完整的、系统的脉络，对研究西藏壁画的历史、演变和风格，都是不可或缺的依据。

2002 年

刊于《西藏旅游》

# 江孜宗山吊古

十多年前的一个金秋时节，我和两位朋友有幸来到江孜，这座古老而又焕发着青春的英雄城市参观和考察江孜白居寺的壁画，顺便凭吊了这座赫赫有名的英雄之山——宗山。

我们踏着抗英战士的足迹，缓缓地爬上了宗山。一路上，古碉堡和炮台的残迹，历历在目，顿时把历史拉到了我们的眼底。在这里，抗击侵略者的英雄们用鲜血写出了不朽的史诗！崖壁上一些无名小花在先烈们的血迹上，绽放着殷红的花朵，在微风中摇曳着身躯，仿佛在向人们倾诉着那段悲壮的历史。爬到山顶，我极目远眺，情不自禁地陷入了沉思。

1904 年的春天，阴霾笼罩了这座和平城市的上空。远处，尘土飞扬，旌旗喇喇，英国侵略军的铁蹄正在踏破这块宁静的圣土，将罪恶的刺刀指向江孜。山上山下，抗英战士正在紧张地构筑碉堡和炮台，以高昂的斗志迎击来犯之敌。

4 月 11 日，英国侵略军在荣赫鹏的带领下在宗山对面的江洛村和江洛林卡[①]一带摆下阵势，趾高气扬地向藏军发出挑战，但布防在宗山和白居寺等地的约六千名战士并未被拥有现代化武器装备的侵略军所吓倒，他们同仇敌忾，以“纵有男尽女绝之忧，惟当复仇抵御，永远力阻，别无所思”的豪气和不屈不挠的精神奋起自卫。宗山成了遏阻不可一世的英国侵略军

① 藏语，即园林之意。

得一面难以逾越的盾牌。英军不时地向山上开枪开炮，并数次发起进攻，但均被据守在宗山上的一千五百名英勇战士所击退。

5月5日，藏军八百余人借着夜色的掩护，偷袭了英国侵略军的营地，正在熟睡的英军就像被捅了的马蜂窝，四散奔逃，有的军官穿着睡衣睡裤便狼狈逃窜，荣赫鹏也差点当了俘虏。若不是藏军过早地呐喊冲杀惊动了敌人，英军就难逃全歼的命运。拂晓，英军才得以稳定了阵脚。藏军的主动出击，给了阴毒傲慢的荣赫鹏一个沉痛的教训。英军只好收拾残兵，加修工事，龟缩在营地中不敢贸然出击。僵持了一个多月，英军共损失了20%以上的兵力，荣赫鹏想到如此僵持下去后果是危险的，于是在6月5日带领四十余名士兵冲出重围，回春丕向他的上司麦克唐纳将军求援去了，行至康马宗，又遭藏军的伏击，荣赫鹏差点丢了性命。

6月13日，麦克唐纳调动了炮、步兵上千人，会同荣赫鹏向江孜进犯。英军到达江洛村一带安营扎寨，随即投入战斗，用重炮猛轰藏军阵地，但藏军面对敌人疯狂的进攻，丝毫不退缩反而英勇顽强地继续防守，英军无数次进攻都被击退了。历经三个月的惨烈的厮杀，一天，一名藏族战士取火药，忘记了火药绳还燃着，结果引起火药库爆炸，敌人乘机发起强攻，西藏守军子弹打光了，火药没有了，他们就用大刀长矛、滚石和俄尔朵[①]打击敌人。最后或与敌人展开肉搏战，或抱住敌人坠崖同归于尽，恶战持续了三天三夜，守军终因弹尽粮绝，除了部分将士突围退居白居寺外，大部分战士壮烈牺牲。

7月6日，江孜被英军占领。这场悲壮的反侵略保卫战虽然失败了，但它反映了藏族人民不惧强敌，英勇保卫我国西南边疆的决心和斗志。江孜保卫战是中华民族在近代史上反侵略战争的一部分，无数先烈在宗山上献出了宝贵的生命。他们的壮举，将永垂青史，人们将永远缅怀他们的献



① 用一根约1.3米的羊毛绳中间编织成一菱形方块，用以兜住石块，通过用力旋转形成的离心力打出去，力沉且远，击中人的要害可以致人死命。

身精神和丰功伟绩！我怀着无限的敬仰之情，凭吊这英雄之山和长眠在这山上的英灵。

我正陷于深沉遐思，我的同伴突然来喊我，说他发现了一块石碑，要我即刻前往观看。他带我走了约三十余米，来到了一块约有五百平米的平坝，据说是过去的教武场。就在平坝的中央，平放着一座已断为两截的石碑，碑宽约九十公分，高约一百八十公分，碑文均为汉字。我仔细一看，是清朝驻藏大臣松筠撰写的《巡边记》，全文约四百余字，内容分为两部分：第一部分写他此次巡边的经历；第二部分写安边之策。

松筠是较为开明、勤政和体恤百姓的一位大臣，他于公元1794年赴任至1799年迁任陕甘总督和伊犁将军，在藏供职四年多，为西藏人民做了许多好事。他刚到任不久，就上奏乾隆帝豁免西藏人民三年的旧欠粮钱，并捐银四万两，抚恤失业穷民。还制定了有利于下层民众的十条规章。任内经常赴各地巡视边防，了解民情，关心民意。他此次巡边，即是针对公元1792年尼泊尔侵略西藏，后被清朝政府派出大将军福康安率大军击败侵略军并赶出西藏边境后两年多巡视边防的安保事宜。他在碑记中有如下一段文字：“……然安边之策，莫若自治，非独济咙、聂拉木番民应派廉洁营官管理，所有前后藏属各营官、第巴，皆能教以廉洁自持，善抚百姓，又何他患耶！”由此可见松筠的为官勤政、廉洁、体察民情、工作深入，时刻关心民众的优良作风。嗣后西藏近百年局势稳定，恐与松筠积极实施的安边之策不无关系。

松筠于1832年逝世，终年八十二岁。看到他的《巡边记》，联想到他在藏值得称颂的政绩，不禁肃然起敬。为官仁德，总会千古流芳！

2002年10月
写于蓉城

# 夏鲁寺漫笔

夏鲁寺地处日喀则东南约20公里处，自中尼公路下车，便可遥望被一片丛绿簇拥的夏鲁寺。步行约50分钟，夏鲁寺已尽收眼底，一座宁静而古朴的村落中央，高耸着一组错落有致的寺院殿堂。红色的墙壁覆以翠绿色的琉璃瓦屋顶。牙檐高啄，俨若蟠龙斗角，在夕阳的余晖中尤显辉煌夺目。牙檐下的小吊钟，在微风中摇曳，不时发出清悠的奏鸣，如环佩轻击，如玉重奏，令人如醉如梦，荡气回肠。

进入寺门，庭院回廊环合，青石铺地，左右对角，挺立着两棵参天古柏，向人们宣示着这座寺庙悠久的岁月。这是一幅色彩浓郁苍邃、玄妙入化的立体画卷，也是一首意境深厚的抒情诗章。

夏鲁寺始建于公元1087年，藏历第2绕迥阴火兔年（宋哲宗元祐二年）。时值藏传佛教后弘期，有一僧人名吉尊西绕俊乃，自幼进入佛门，跟师傅洛顿多吉旺秋学法。稍长，为弘扬佛法，决心自己建一座寺庙，便请教师傅寺庙建在何处为好？师傅听罢吩咐徒弟拿弓箭来，徒弟虽不解师傅之意，但只有听命，师傅随即拈弓搭箭，拉满弓弦，只听腾的一声弦响箭落，师傅指指箭落的地方，肯定地说："那就是你建寺庙的地方。"吉尊西绕俊乃飞步跑到箭落的地方一看，利箭正好穿中了一片油菜嫩叶，吉尊西绕俊乃便遵师意在此建了一座寺庙，并命名为夏鲁寺（意为嫩叶寺）。这一不寻常的传说，对夏鲁寺的由来，作了一个颇具传奇色彩的诠释。但传说毕竟是传说，从历史角度考量，我更倾向于，时值藏传佛教的后弘期，促进教法昌盛，自然是僧人的最高理念，吉尊西绕俊乃期望自己兴建的寺庙和他所信仰的宗教像新生嫩芽一样蓬勃发展，这恐怕是吉尊西绕俊乃命名的初衷。

藏族对某些事物的命名，往往不与主体内容直接挂钩，而是以象征或比喻的手法命名和命题。如《贤者喜宴》，此书乃历史名著，但从其书名看，似乎与历史毫无干系，然而作者匠心独运地用了一个轻松愉快，令人读欲顿生的比喻——读了此书，就像贤者享受了一顿惬意的美宴一般；又如《蓝琉璃》，此书为医学名著，以此比喻该书就像蓝宝石一样光彩夺目，多么具有诱惑力的美丽命题。类似例子，不胜枚举。

夏鲁寺的外观风格，全然汉式，红墙框架，覆以琉璃瓦大屋顶，飞檐翘角，古兽蟠居其上，凝神瞠目地向着远方，仿佛表示自己恪尽职守。走进殿堂僧舍，梁柱门窗结构和设施，又是地道的藏式风韵。这是一座典型的汉藏合璧式建筑。这种汉藏建筑文化的融合在西藏建筑史上，堪称独树一帜。

在西藏凡是著名的寺院，其主殿顶部都是铜皮镏金顶。唯独有夏鲁寺的殿顶是翠绿琉璃瓦。此瓦从何而来？使我产生了兴趣。据赤来曲扎先生所撰《西藏风土志》一书中所云，公元1333年吉才重建夏鲁寺时，从祖国内地运来了琉璃瓦、瓷雕、方砖等。我对此说法，深表疑义。因为在六百多年以前，运输条件落后，而西藏又地广人稀，高山大川交错，道路维艰，运行一个单程，少说也得四五个月之久，何况琉璃瓦、瓷雕等既重且易碎，不管用牦牛驮还是用马驮，货品在途中驮上驮下，碰碰撞撞，即使能运到目的地，恐怕多已成为破碎不堪的废品，岂不是劳民伤财又误事吗？

据该寺管委会主任格桑讲：“琉璃瓦是由汉族师傅指导在墨竹工卡地方烧制的。”我以为他的说法有较大的可靠性，其因有三：一是墨竹工卡地方挂釉陶器比较发达，具备了烧制琉璃瓦的基本条件；二是墨竹工卡至夏鲁寺单行运程只有十多天，运输相对容易；三是夏鲁寺一带，系沙质土，不易烧制陶制品，因此排除了当地烧制的可能。当然也不能排除距夏鲁寺更近而又具有条件的地方烧制，但迄今未有人提出这一说法。但有一点毋庸置疑，夏鲁寺的重建，是从祖国内地和尼泊尔聘请了大量各类工匠师傅帮助建成。这除了代代口头传说的史料佐证外，还有迄今矗立于世的带有浓厚汉式风格的建筑，这就是权威的证据。此外，还有夏鲁寺的壁画与当地画师的风格有明显不同。当地画师绘画风格，带有典型的“藏择”[1]画派风格，布局疏放，线条简约，色彩厚重，喜欢用暗红暗绿色作为主体色调，故有人以形象并带几分诙谐地称该画派为“傍晚时分”。而来自祖国内地画师的作品则勾画细腻，线条流畅且疏密适当，色彩丰富。壁画内容也带有明显的中原文化特点，房子是大屋顶，服饰具有唐宋的特点，宽衣大袖。帽子也是唐宋时期官员或士大夫所戴的帽子。壁画中的大车造型，与祖国内地的大车别无二致，赶车人也是中原人模样。壁画中还出现了汉族人民普遍喜食的包子馒头，其形状和现代的一模一样。这些风格迥异、内容殊途的壁画，当属汉族画师所作无疑。同时也有力地证明了为重建夏鲁寺确从祖国内地请来了一批工匠师傅。当我兴奋地欣赏这些不寻常的文化遗迹时，我对他们十分感佩和敬重！六七百年前他们背井离乡，万里迢迢来到这里，为共建中华文化宝库，共筑汉藏民族团结的大厦，留下了辉煌伟业。我想努力去发掘他们的尊姓大名，在每一个可能落款的角落搜寻，但没有成功。不过他们有一个共同的名字——文化交流和传播友谊的使者，他们将永远载于中华文明的史册。

西藏佛教史上赫赫有名的人物——布敦大师曾当过该寺的住持，他对佛学做了大量的整理、订正和注释工作，编纂了大藏经的《丹珠尔》部，还撰写了大量的著作。其中《善逝佛教史》（《布敦佛教史》）最为出名。布敦大师一生的作品，堪称“汗牛充栋”，且有独到之见，在当时佛坛中自成一派——夏鲁派。寺以人贵，从此夏鲁寺名声大振，享誉禅林。



① 日喀则画派。

夏鲁寺还有最值得僧人们骄傲的镇寺四宝。对远道而来的客人，他们常常不厌其烦地向其介绍。我们非常幸运，当时寺庙管委会主任格桑亲自带我们参观并讲解。

第一件宝是二楼大殿天井中央放有一块方形石头水池，据说是建寺师祖吉尊西绕俊乃用过的洗脸盆，大小约半个平方米，水池凿制粗糙而不规则，里面常备清水，因为这是先圣的遗物，所以倒入的清水也就成了“圣水”，以供朝佛者洒在头上，以佑吉祥如意。还有更玄妙者——当雨水灌满石盆时，任你怎样倾斜，它都不会流出来。我们对这超自然力的神奇，并没有产生很浓的兴趣，只是姑妄听之。

第二件宝是一块约 2 尺见方的拼经板，据说是用 108 块小木块拼成的，每块有一字。据格桑主任讲，这块拼经板已有七百年的历史，算来应是布敦大师时期的遗物。依照先师之训，此经板不能拆开，否则就再也拼不起来，后人也就小心谨慎地藏之敬之，不敢违训。

第三件宝是一个壶状铜罐，格桑主任神秘兮兮地从二楼大殿中拿出一个用红布包裹的铜罐，上面还贴着两张封条。他说:“这罐每 12 年盛一次水。盛满水后立即封好，满 12 年后方可开封，开封后的水就是‘圣水’，有福气者才能享受到此‘圣水’，喝后身上发暖，一生吉祥如意，还可洗净身心的 108 种污垢。”

第四件宝是觉拉殿中的一块椭圆形白色石头，石上刻有黑色六字真言。据格桑主任讲，此石是建寺时从地基下挖出来的，是自然形成的。白石黑字，浑然一体，却像自然生成。正因为此，便蒙上了一层神秘色彩，并成为神灵的最好宣示。其实这也没有什么奥妙，完全是石刻大师巧妙地利用了自然形成的不同颜色、花纹的石头雕成。我们常常看到祖国内地的玉雕大师利用不同颜色的玉石，雕出神奇生动的动物与其浑然一体的背景。这其实是灵感和巧手的和谐运作的结晶。

我以为，真正值得夏鲁寺的僧人们骄傲的除了这镇寺四宝外还有这些保存完好的宋元壁画，这些壁画在我心中是真正的无价之宝。当我观赏到这些上千平方米异彩纷呈的宋元壁画时，我的心骤然沸腾了，就像淘金者突然发现了一块硕大的金块那样兴奋。那些丰富多彩的画面，像惊涛骇浪一样拍打着我的心岸，使我的心情久久不能抑制，不能平静。我当时用不成熟的诗句记下了我的感受。

一幅幅壁画
汇成艺术的海洋
美的狂涛
卷去我贪婪的目光
风格、流派，争奇斗艳
形式、内容，各展风骚
像一条多彩的河
在我心中流淌
这是用五彩砖块砌成的长城
这是用心灵和妙手绘出的雅鲁藏布江
用形象书写的历史
用绘画语言构筑的艺术殿堂

这也许算不上是诗，却是我当时心态的写照，情感的宣泄。

我在拉萨，几乎看过所有壁画，除大昭寺有一块极不为人所注意的墙壁保留了吐蕃早期的壁画外，其他寺庙的早期壁画几乎荡然无存，清代及其以后的壁画占据了这些寺庙的主体。或许是由于著名的三大寺都始建于明代，依附于寺庙的壁画，也就不可能出现更古老的时代，此其一也；西藏宗教界有种习惯，历次维修寺庙，都要把旧的壁画盖掉，然后画上新的。这对装点寺庙来讲，无疑增加了几分亮丽和新鲜感，然而却将那些光芒四射的历代艺术奇葩，永远地埋葬了，此其二也。我曾暗自为此感伤和遗憾！西藏具有如此悠久和丰富的壁画艺术，却难寻其明晰的发展脉络。吐蕃末期和宋元时期甚至明代早期的作品，就像道路走进了荒莽中一下被中断了。作为热爱西藏壁画的我来说，渴望寻找这条道路的续点。1983 年 9 月 21 日是我终生难忘的日子，就在这天，我终于在夏鲁寺找到了这条路线的连结点。

夏鲁寺的壁画令人称奇的是，这些古老的壁画保存得非常完好，简直是一座绚丽多彩的艺术宝库。在一楼多康大殿内回廊和二楼荣布拉康大殿内回廊都有建寺时的壁画。这些壁画的风格带有明显的吐蕃后期壁画的特点，布局疏放，线条简约，敷色常用暗红暗绿，有的树干都用红色渲染，形成一种独特的红绿调子。由于不是用的单纯色，并不显得艳丽跳突，倒有一种沉着稳定的感觉。佛像的脸型多为心形，上宽下尖，眉宇不用蓝色衬底，眼睛内外角也不敷红色，这与拉萨的画法迥然相异。荣布拉康回廊北壁画有释迦牟尼出游图，以方块分割构图，在红底上进行素描，风格非常简练别致。和拉萨大多数壁画师相比，这里的画师更富创造性。

藏历第 10 绕迥阴水鸡年，夏鲁寺在元朝的大力支持下在吉尊西绕俊乃的后人吉才的主持下进行了重建。从祖国内地、尼泊尔以及当地招募了大量各类工匠和画师。壁画中的大部分出自这一时期。二楼厢殿雪叶拉康和罗拉康，共绘有大小不同的 49 个“坚廓”，梵语称为“曼荼罗”，汉语译为“坛城”。“坚廓”大多画成圆形，但这里却有一个画成方形，这是极为少见的。“坚廓”是佛教中宇宙的微缩图，用图解的方式来解释佛教哲学思想中的宇宙。这些“坚廓”画得非常细腻精美。从风格上看，应该是出自当地画师之手。

在一楼多康大殿内回廊和二楼荣布拉康大殿内回廊的壁画，是汉藏及尼泊尔三地画师携手之作，但各有风格。如祖国内地画师的作品，人物形象都带有中原的特点，背景道具也都是祖国内地之造型，构图细腻，疏密有致，线条舒展，色彩丰富，注重写实；尼泊尔画师的作品浪漫夸张、粗犷奔放，人物形象也带尼泊尔或印度人的特点，作为背景的树木花卉，都是热带、亚热带的植物造型。山石的画法极其概括，如画山很少勾勒脉络，一座山看上去就像一个蒙古包。对图案的画法粗放大气，甚至带点野性美；当地画师以日喀则纳唐人索朗崩、仁青夏迦等为主。他们的画前已述及，多以暗红暗绿调子，布局疏放舒畅，线条多以游丝和铁丝描，很少看到在拉萨的壁画中常见的蚯蚓线条。整个看起来劲挺秀逸，色彩简约而浑厚。这些不同地域，不同风格的壁画，移栽在这块特定的艺术百花园中，在视觉上，并未使人产生失调和牵强感，反而使人觉得饱尝了一次多姿多彩的美术展览。

夏鲁寺壁画的内容，以宗教题材为主，如“佛本生故事”等等。但也有一些画面或局部反映了世俗生活，如西藏历史的发展，收获、冶炼等劳动场面，商旅贸易、音乐舞蹈、放牧，乃至战争等场面，有些细节画得非常生动。

夏鲁寺的壁画，无论是历史价值、艺术价值，抑或学术价值，在西藏浩如烟海的壁画世界里，都是一颗璀璨的明珠。我期望人们能更好地珍爱它、保护它！让这古老艺术永放光芒。

1983 年

刊于《西藏民俗》

# 丰收的祭典

尼木的八月，金灿灿的青稞像黄金一样铺满整个大地，在高原强烈阳光的照射下，泛着诱人的金光，这是一个美好的丰收季节。

时值西藏民主改革后的第二年，祖祖辈辈在领主的土地上当牛做马的农民们，终于有了属于自己的土地，一跃成为土地的主人。解放了的生产力，犹如春雷滚动，催生万物生机，他们在自己的土地上耕种的青稞、小麦、油菜，长势特别喜人，仿佛上苍也善解人意，这年一路风调雨顺，给这块高天厚土锦上添花。他们做了太久太久的希望之梦，终于实现了，此情此景，使他们的脸上堆满了喜悦，心中荡漾着欢乐的浪花，于是他们便决定欢庆这一伟大的变革和祭典在自己土地上的第一次丰收——过一个隆重欢乐的“望果节”。

“望果”二字，“望”为田地，“果”为转圈之意，连起来就是“转田头”的意思。是过去农民们为了祈求神佑丰收而举行的一种古老仪式，而后逐渐形成一个节日。西藏和平解放前规模并不大，节日气氛也不浓。西藏和平解放后，随着农民地位的改变和生活水平的提高，规模逐渐变大，节日气氛也愈加隆重热烈。

记得八月上旬的一天，太阳毫不吝啬地把明媚和灿烂奉送给大地，天蓝得深邃而神秘，朵朵白云挂在天空纹丝不动，只是绽放着笑容俯视着这片成熟的大地。

上午10时，县人民政府周围的数千群众，已陆续来到了塔荣乡一块刚收割完的麦地里。空地周边飘着彩旗，北端搭起了十余顶大小不一的彩色帐篷，华丽而壮观。每个帐篷中都摆着彩绘条桌和漂亮的卡垫，还有大坛大坛飘溢着醇香的新酿青稞酒，不禁使人未饮先醉。

男女老少都穿着节日的盛装，犹若百花园里姹紫嫣红的花朵，在这醉人的金秋里竞放。各乡参赛的马队也陆续到齐，他们都是青壮年赛手，每个赛手都头戴平顶大檐、周边挂满红丝线穗的帽子，穿黑色或黑紫色氆氇衬衫，外罩一件镶边彩缎坎肩，脚穿藏靴，腰间挂着箭袋，手执弓箭，个个像古代勇士。他们的骏马也被打扮得十分漂亮，马头挂着彩绸和红缨，马额戴着倒葫芦状的毛织饰物，马颈上挂着一大串响铃，马鞍、马垫也焕然一新，连马尾都用彩绸加以装饰。赛手们骑在马上尤显英俊威武，引来无数羡慕的眼光。尤其是那些春光乍露的少女，脸上泛着红润，不时睨视着自己的意中人。

上午约 11 时许，赛马开始了，比赛项目有跑马射箭、飞马捡哈达和马上惊险动作表演。

第一项是跑马射箭。人们预先在空地正中挖了一条深约 30 厘米、宽约 1 米、长约 100 多米的浅沟，这是为了防止马乱跑的马道，在离马道右侧约六七米处每隔 20 米共设立了三个箭靶，靶子以软牛皮做成，圆形，直径约 25 厘米，中间有一黑色靶心，直径约 8 厘米。参赛者在飞奔的马上将箭射出，中靶多者为胜，每名选手有三次机会。

第二项是飞马捡哈达。把数条哈达放在地上，每隔 10 米放 1 条，参赛者要在飞奔的马上弯下身子约 130 度才能练到哈达。马儿乎是拖着人在跑，这是一项带有一定危险的项目，也是一项比胆量、比勇气、比技巧的项目。捡起的哈达，多者为胜。

第三项是马上惊险动作表演。参赛者在飞奔的马上做着站立、后仰、左右跳下以及 140 度角倾斜身体等等。参赛者一面不停地转换着各种惊险动作，一面还狂吼着造势，使马儿疯狂飞奔，人也进入癫狂状态，真是惊险刺激！观众的情绪也被赛手们充分调动起来，有的张狂，跟着大吼大叫，忘乎自我；有的被刺激的比赛所震撼，瞠目结舌，惊愕不语；有的骇然，情不自禁地发出惊呼；老阿妈更是用手蒙上双眼，以缓解提心吊胆的刺激。

约下午1时，赛马活动结束，赛手们被请进了华彩夺目的大帐篷中，等待接受奖赏和犒劳。胜利者排坐在上席，个个春风得意，笑容灿烂地接受姑娘们逐个敬献哈达，最后每个人脖子上挂的哈达就像一大堆白雪，淹没了赛手们的大半个脑袋，只剩下一张小了许多的笑脸。侧席上坐的是失败者——既没有射中箭靶，又没有拣到哈达的人，在此入座的只有少数倒霉蛋，他们不仅没有荣耀，而且还有可能被充当可怜的笑料。他们由另一群姑娘端着糌粑盒子往他们身上拼命地抛撒糌粑，最后他们个个都像糌粑磨坊里的工人，成为糌粑人了。我记得有个青年人，身体胖乎乎的，也许是他身体偏多脂肪的累赘，使他陷入了这一尴尬的行列。但他却丝毫没有为倒霉而懊丧，而是和胜利者一样地欢快，好像他是一个杰出的配角，咧着大嘴笑个不停，姑娘们也特别关照他，往他脸上撒的糌粑已经完全遮住了他的脸，只有两只眼睛和咧开着的大嘴巴还保持着原貌，逗得满堂大笑。姑娘们更是为她们的杰作笑弯了腰，说不出话来，只有两行喜泪在述说着她们内心的欢乐。

最后，不论是胜利者还是失败者，他们都享受到了一次丰盛的节日野餐，他们敞开胸怀畅饮，打开心扉畅谈，最后他们跳起了“果协”[①]，唱起了发自心底的欢歌，歌声伴着舞步在长空中飞扬，一直到黎明。

① 边唱边跳的踢踏舞。

# 草原一月

碧绿的草原，像无垠的大海；游移的牛羊，像无数的白帆点点的舰影；悠扬的牧笛，倾诉着人生、爱情、憧憬。草原多像一幅明快的水彩画，令人神往。

我终于有机会到了草原，并且生活在牧民中间。当雄县宁中区萨资岗乡属于拉萨市管辖的是七县一区范围内。三百多年前，这里是个广阔无垠的世界，当时正在兴起的格鲁派领袖五世达赖喇嘛阿旺洛桑嘉措借助于蒙古和硕特部首领固始汗的力量，征服了自己的政敌——噶玛噶举政权，从而确立了自己的政教合一的统治地位。五世达赖喇嘛为了感谢固始汗的功劳，决定给固始汗一块草场，并让固始汗任其挑选，于是固始汗挑选了当雄这块水草丰美的地方。当雄，即挑选的草滩。后来，固始汗把带进西藏的三千蒙古族兵放在当雄屯牧，并分为八部，也叫“八族”或“八旗”。随着历史的推移，他们已和当地藏族融为一体。现在偶尔还能看到这一特定历史事件的蛛丝马迹——少数老年人有时还戴过去蒙古族戴的一种叫“阿霞”的白色大檐、尖顶戴红穗的帽子。然而，这里的大多数人已经不知道他们祖先的来历。

当雄在念青唐古拉主峰的脚下，念青唐古拉主峰突兀巍峨，时而银光闪闪，眉目清秀，像个顶天立地的男子汉；时而云遮雾障，又像个羞怯的牧女，半掩着脸面。当地群众将其奉为神山，家家户户在每天早上都要对着神山烧香，以求保佑风调雨顺，人畜两旺。

每年初夏，暖风吹融了念青唐古拉山的积雪，雪水顺山势而下，流向这块肥沃的草原，就像一位慈母用丰腴的乳汁哺育自己的婴儿一样，滋润着这块草原，使草原儿女不断地以此生息繁衍。有人说牧区的天气就像小孩的脸，喜怒无常，来到牧区的人才知道这话的全部含义。有时候万里无云，风平浪静，但说不定一朵乌云骤至，雷电交加，或雨或雪或雹，倾盆而下；有时大风顿作，尘沙俱起，一日之内，翻云覆雨数次。高寒地带特有的气候特征给牧民涂上了一层古铜色，配上那身粗犷的原色羊皮袍，血红潇洒的丝线头穗，更能显出他们那无可争辩的草原主人的地位，再现斯巴达克斯。

提到牧区，人们会很自然地想到逐水草而居、悠然自得的古典式生活。其实现在的牧区正在发生着巨变，这里的帐篷已成为陈迹，牧民已普遍搬进房舍定居。近几年更由于党的富民政策的落实，牧民们纷纷兴建新房，大有一种你追我赶的趋势。

还有一些牧民正在勇敢地从单一的牧业走向更广阔的世界。他们不仅是一个合格的牧羊人，而且成了驾驶“铁牛铁马”的能手。这个仅有一百多户人家的乡就有四台汽车、四台拖拉机，还有一些人正在悄悄地酝酿着加入这一行列。

我们走访过一位牧民家庭，主人名叫扎西才旺，他家解放前是牧奴，解放后才当家做了主人。1980 年实行生产责任制后，向国家贷款买了一台汽车，并且抓住了牧民大兴土木需要木材的机会，拉柴禾或牛粪去拉萨卖掉，再去林芝运回木料在牧区出售，因此发了迹，于 1985 年盖了十多间房子，其房子之漂亮，连拉萨所建的一些居民房也难与之媲美。室内不仅有全新的家具和高级的卡垫。还有钢丝床，软沙发等现代家具。还有一位叫巴桑的牧民，过去也是牧奴，而现在家里存了七八千斤各种各样的粮食。在这里我们还看到几个穿高跟鞋的牧女，这虽是件小事，但一叶知秋，它预示着牧民的生活正在向现代化靠拢。当然，差距还是存在的，有的差距也许还很大，但人们毕竟离开了起跑线，正在向着百米、千米或更远的目标疾跑。

1986 年 5 月

刊于《西藏日报·副刊》

# 彩绘人生路

我第一次见到民间画家仁增班久，他就给我留下了极为深刻的印象。那时的他虽已年近花甲，但清秀白皙的面庞透着不俗的气质，一对深邃多思的眼睛，闪烁着逼人的灵气，那种孜孜以求的精神使他仍然透着火焰一般的活力。也许是一生都过度操劳，鬓角已染上了白霜。他把毕生的时间和精力倾注在绘制唐卡上，满屋摆放着唐卡，不论是完成的还是正在绘制的，都能看出他的笔下流淌着一种执着的情感和震撼人心的艺术魅力。

仁增班久的祖籍是彭波卡日康萨，这里是民间艺人的摇篮，很早以前就画师辈出，在长期的艺术实践中，形成著名的一派，史称“澎孜”或“澎日”。据仁增班久讲，早在五世达赖喇嘛时代，他的祖先就开始从事绘画职业了，而且代代相传，到仁增班久这代已是第八代了。

公元 1642 年（藏历阳水马年），五世达赖喇嘛在蒙古和硕特部领袖固始汗的帮助下取得西藏地方政权，继而亲政达 40 年。在此期间他在西藏各地修建了 13 座大型寺庙，史称“十三林”。在扩建布达拉宫时，他调集了各路绘画好手共 66 人承担了布达拉宫内壁画的绘制。仁增班久的高祖拉木多吉也应征加入到此行列中。

五世达赖喇嘛时期，西藏的文化艺术高度繁荣，至第斯·桑杰嘉措摄政时期，拉萨成立了“松穷画坊”，集中了一大批雕塑、绘画艺术家，按照绘画水平和成就，分别授予四个等级的职衔，由高向低排列为“列参巴”“冲多”“乌钦”“乌穷”衔至列参巴者往往被授予七品以上官爵，根据不同职衔官方给予一定生活待遇。拉木多吉最终获得了乌钦职衔。其子拉木贡嘎袭从父业，随父在画坊学画，到五世达赖晚期也获得了乌钦的职衔，还因他在绘画上的成就卓著，五世达赖喇嘛颁文免其乌拉差役，并赐予他两差岗地①。

第三代孙替木仓巴和第四代孙顿珠扎西虽都承袭祖业，但均成绩平平。第六代孙也就是仁增班久的祖父朗杰扎西，曾在大昭寺绘有大量的壁画，如“如意宝树”“旦泽”“恰那多吉”等，也荣获画坊授予的乌钦职衔。第七代孙仁增班久的父亲索朗仁钦曾在布达拉宫东日光殿，罗布林卡金色颇章、大昭寺、小昭寺、热振寺等处作画，而且至今遗作尚存，他在广泛地艺术实践中创作了丰富多彩的壁画佳品，极受“松穷画坊”同仁和拉萨画界的推崇。索朗仁钦是这个绘画世家中一颗璀璨耀眼的明星。他的赫赫成就赢得了当时绘画师的最高荣誉——“列参巴”职衔，于1968年辞世。

出生在牢固传统维系、艺术氛围浓厚家庭中的仁增班久。从小受到良好的艺术熏陶。孩童时代，看着父亲作画，他心里就痒痒，也涂抹几笔，虽属涂鸦，还是骄傲地向父亲炫耀自己的“杰作”，父亲也诙谐地夸奖几句。渐长，也能画些简单如花卉之类的图案，父亲也不时给予鼓励和指点。11岁时他便开始走向绘画之旅。

1933年（藏历阴水鸡年），索朗仁钦应招去热振寺作画，年幼的他一心要与父亲同去，父亲也觉得该让牛犊到草场活动活动了，便同意了儿子的请求。父亲在工作之余手把手地教授，人体度量法、山石树木的画法、构图运笔，调色敷彩等基础绘画知识，随后又转入“松穷画坊”学画。他学习刻苦认真，善于思考，常受到同学们的刮目，父亲的赞许。他在15岁时便能独立作画了。这年他跟父亲去达隆扎寺作画，和父亲合作绘制了四大金刚和十六罗汉。由于他的勤奋聪颖，又经过这两三年的独立作画实践，绘画技术突飞猛进。18岁那年便以“齐末”（领班的大师傅）的身

① 每岗约为7.25克，每克约合一亩。

份带班去聂当寺作画，23 岁时就获得了乌穷的职衔，进而又获取了乌钦职衔。

1951 年西藏和平解放，年轻的仁增班久对一切新生事物感到新奇，对自己所从事的绘画事业也有了新的探求。他想到西藏的壁画师都是因袭传承，几百年未变，祖国内地画家的作品都鲜活生动，有立体感，对他来说是一种从未接触过的风格。50 年代初期，仁增班久前往中央美院进修，进修后他的壁画作品中逐渐出现许多全新的绘画风格如年画，代表作是罗布林卡金色颇章西壁的一幅壁画。因为他超脱了西藏壁画的传统，在整体中显得独特，其后他的几个学生也承袭了他的画风，他们当属西藏现代画派，其中后起之秀扎西次仁既保持了传统又有创新，颇有成就。

经过 10 年的探索，他说自己总结出了 3 条绘制壁画的特点。

第一是神似。过去画壁画主要强调像与不像，身体比例敷彩规则，各种人物形象模式的程式化，因此人物概念化。我注意到汉族画家画的人物不仅形象不一样，而且性格、神情和身份经历也都不一样，所以生动真切。壁画也同样可以吸收这些艺术真谛，因为壁画中也有各种各样的人，有善恶，也有爱憎。如果生动地表达出这些特点，人们就会深受感染，领略个中奥妙。这是绘制壁画的灵魂，有了灵魂的壁画才会有生命力，就像太阳的光辉一样，永远光彩四射。

第二是形似。形似是绘画中最基本的要求，在把形体画准的基础上，可根据人物特性作适度夸张，人体有种流动的韵律感把这种韵律感强调出来，就会使人产生美的感受。再加上洒脱的线条，美妙的色彩，就会成为勾心动目的画面。就像国画里所说的形神兼备。

第三则是将上述两点和谐地揉进传统之中，赋予传统壁画以新的内涵、跃动的灵魂和鲜活的新鲜感。

他总结出了一套具体作画技巧，仔细地给我讲了讲，我觉得他在绘画技术上有自己的想法，实践经验也很丰富。他说准备抽时间将自己的绘画经验写本书传给后人，我表示十分支持。

改革开放后，为抢救西藏的民族文化遗产，拉萨成立了古建筑队。仁增班久凭他的实力，被选为古建筑队壁画组的主要画师，绘制了大量的唐卡，参加了许多寺庙的壁画修复工作，如萨迦寺、扎什伦布寺等。有一份劳动就会有一份收获，辛勤耕耘几十年的仁增班久此时无论绘画功底还是在传统与创新的结合上已臻完美，而且形成了自己的风格。观赏他的画，俨若观赏了一束幽兰，飘逸而雅适，美妙无穷。1983 年，他在扎什伦布寺强巴大殿绘制的九世班禅和度母像等，惟妙惟肖，神韵逼人，在众多壁画中有鹤立鸡群之感。

仁增班久老人不愧为当代西藏绘画师中的佼佼者，虽然他已过世多年，但他的画作将永留人间。

2001 年 4 月

刊于《西藏民俗》

# 生命的长廊

——参观八一镇巨柏随感

生命，有的短暂，有的悠长。短暂的难度终日，悠长的千载不衰。

在盛夏的原野里，有一种蠓虫，据说它的生命短暂到甚至看不到美丽得日出，享受不到晚霞的壮观，便冥冥乎归于尘土之中。

悠长的竟有几千年之长，但仍然昂首存活于世间，正是这些组成了生命摇篮里的多彩多姿。

西藏林芝县巴结村的一个山坡上，有数十株巨柏，其中最大的一株胸径达到 5 米多，高达 52 米，七八个人才能环抱。据南京林学院徐凤翔教授测算，它已经有 2600 多岁了，现在被誉为世界柏树王。它苍壮的躯体，纵向隆起着条条灰白色的筋腱，俨若飞动的瀑布，倾泻在巴结山之阳。森森树冠，昂首天外，罹凛冽风雪，凌高寒雾瘴，却傲然独立！它那雄风傲骨，给大自然带来博大的生机，给人以坚韧不拔的精神力量！在林芝这树的王国里，它傲岸独尊，彰显出不可动摇的王者风范。随着它身世的声名远播，它已成为八一镇的著名景观。

这株巨柏，它所走过的生命长廊，邈远得令人难以看清它所经历的远影，只隐约看到它的几千个年轮中镌刻着西藏历史的沧桑和神奇的故事。它悠久的经历，把我带入了无限遐想的世界。

对西藏来说，它是史前文化的遗迹。根据 60 年代的考古发掘，新石器时代晚期的林芝人，就是尼洋河两岸的主人。离巨柏不远的尼洋河对岸——居木乡发掘的居木人文化遗存，采集到不少的打制石器和磨制石器，有刀、凿、陶片等。也许，他们的子孙就在巨柏下留下了无数的脚印。他们在巨柏的荫护下享受着刚刚猎获的野山羊，饱餐后围着它跳起欢快的舞蹈。西藏历史公认的是自聂赤赞普始，聂赤赞普是西藏历史上第一代藏王，从这里开始才有了32代赞普的世袭。从历代赞普追溯而上，聂赤赞普应该与汉武帝是同时代人，也就是说他活动的年代应在公元前一世纪左右，在这之前，西藏应该是史前文化。林芝巨柏比聂墀赞普还大500多岁。它见证了西藏历史的这一分水岭，并继续见证着西藏历史的沿革。

林芝巨柏，就像一位历史老人，它目睹了林芝地区2600多年的沧海桑田和发生在这块古老土地上的神奇故事。

现在，它正在昂首俯视着尼洋河畔自沙滩上蓬勃兴起的一座现代城市——八一镇和两岸正在发生着惊天动地的新故事，并记入巨柏新的年轮之中，向子孙后代述说。

2004 第 3 期

刊于《西藏文学》

# 在林芝的日子

林芝，藏语为“太阳的宝座”之意，这神话般的名字多么浪漫和美妙！凡是到过林芝的人，都会深深地爱上这块风景优美、特产丰富、气候宜人的宝地。看到这个名字，我的脑海中就立刻浮现出陶渊明的名篇《桃花源记》，他把“桃花源”写得那么幽美、细腻、委婉动人：“芳草鲜美、落英缤纷，屋舍俨然，有良田美池桑竹之属、阡陌交通、鸡犬相闻。”看过这名篇的人，无不为之神往！

我今生有幸，作了一回武陵捕鱼人，闯进了今世的实实在在的“桃花源”。

我是1966年去林芝县工作的，当时正值春天，进入林芝县境内，汽车一直沿着尼洋河谷蜿蜒前进。河水时而清澈舒缓，时而怒涛翻滚。充分彰显出它的万般风情。

河谷两岸的山被浓绿的原始森林覆盖着，只有那山巅，戴着皑皑银冠，在阳光下闪闪发光。山麓的阔叶林中，参差着许多大叶杜鹃，正竞相吐艳，脉脉绵绵，就像一块硕大秀美的锦毯，十分张扬地覆满山峦，又像是天公用彩笔着意为此绘就的一幅壮美的巨幅图画。这里的空气清透而舒爽，从拉萨来此，似乎进入了一个自然氧舱，令人心旷神怡。

我们的车子和尼洋河水时而相伴前进，时而互相追逐着。走着走着，视野突然开阔，前面出现了一片桃林，遍地是桃花，繁花偎依，像无数张春情初绽的脸庞。挑逗着人们的心潮激荡不已。花丛中掩映着二三十户农家的房舍，牛羊悠闲自得地享用着青嫩的春草，家畜在忙碌着觅食，几位农妇在青稞地里除草，这不就是陶渊明所描写的“桃花源”吗？吧一打听，这里是林芝县的一个公社，地名叫尼西，林芝真是处处皆“桃花源”。听说这里距林芝县城还有40余公里，我们的心开始激动起来，走着走着，我们和尼洋河渐行渐远，尼洋河已向南拐去，而我们仍奔向东方。就在分手处不远，有一不大的三角洲，由北而南，慢坡缓缓地伸向尼洋河边，这里叫普拉，林芝县人民政府就驻在这里。

这个只有千余人的小县城，就坐落在山坡上。我们终于到了“太阳宝座”的中心，而且一待就是13年。回想这13年生活历程，虽然经历了惶恐和困惑，但大部分时间还是在田园般的生活中度过的。

林芝是一个比较富庶的地方，土地肥沃，物产丰富，山珍鱼禽和中草药十分丰富。靠山能吃山，靠水能吃水，群众的生活远比拉萨好，这是大自然赐予的恩泽。

为了改善生活，我带领全家利用茶余饭后，开垦了约60平米的地，投入了不少汗水，也获得了一片属于自己的春天。第一年就获得了大丰收，茄子、黄瓜、辣椒等十余种蔬菜，满园硕果累累，望而欣然！连中央美院几位来林芝体验生活的教授参观后都慕然不已，临行还向我索要了数头大如拳头的大蒜，带回去做种子。当年在尼木县工作时，这些蔬菜别说品尝就连看一看也是一种奢望。

劳动是艰辛的，但又是快乐美好的，享用自己的汗水浇灌成的果实是多么甜蜜！它不仅给人以物质享受，还能使人生活上更加充实、健康，丰富对自然的认识，深刻体味劳动即创造的内涵。

每当六月，雨季来临，霏霏细雨，滋润着林海翠山。原始森林中的蘑菇也应时而生，向空气散发出一种诱人的浓香。每天吃过午饭，总有几个好友相约去捡蘑菇，个把小时就能拣个八斤十斤，回家用猪肉罐头一烧，其营养自不必说，那味道真是好极了！这种野生香菇的生长期较长，能延续到十月。原始森林源源不断地给我们提供近五个月的佳馔。

到了七月，又是野生竹笋萌发的季节，为了调剂生活，也兼寻一种乐趣，好友们又相约上山扳竹笋。因为当地群众没有食用竹笋的习惯，所以竹子的密度特别大，走进竹林中都是磕磕绊绊，竹笋多得像万锥齐发，蔚为壮观！我们每次上山扳竹笋都是满载而归。

一次，我和一位吴姓邻居去扳竹笋，进入林中，分头作业，我看到那密密麻麻的鲜嫩竹笋，不禁心情激动，却没有注意到林中湿滑，不慎失足掉入狗熊洞中，我顿时被吓得魂不附体，四肢瘫软，心跳得像要蹦出胸腔！心想这下要与死神相会了！但定睛一看，洞中除狗熊留下的粪便和散落的熊毛外，并不见狗熊的身影，我想，狗熊肯定是外出谋食去了，为此我感到十分庆幸！适才绷紧的神经，终于放松了一些。虽如此，我也不敢丝毫放松警惕，我奋力爬出狗熊洞，匆匆跑到同伴处，向他讲述了刚才的惊险一幕，他也感到骇然！我们已无心“恋战”，便匆匆离开了这险恶之地。之后，我就再不去扳竹笋了。每每想起这一幕，便顿生后怕之意。

九月份山上的野桃子熟了，挂满枝头的桃子，个个都像喝醉了酒似的，红着脸迎风摇晃，风儿稍劲，便吧嗒吧嗒地往地下掉。因为太多，我们对落地的桃子不屑一顾，只去寻找那最大最甜的桃子，背着竹篓爬到树上慢慢摘，直到满载为止，回家吃不完，就晒成桃干，送给拉萨的朋友。

林芝除了丰富的山珍，还有肥美的河鲜。尼洋河的鱼比拉萨地区的鱼更鲜美，大概是因为林芝地区的海拔比拉萨低800余米，含氧量和水质都超过拉萨地区的缘故吧。我们从不放过大自然赋予我们的机会，有时用钓竿，有时用沾网兜，每次都有不菲的收获。

那时，我们免不了被抽调下乡工作。在林芝下乡不像在拉萨地区那么艰苦。我记得在尼木县有次下乡一个多月，我们未吃到丁点蔬菜和油腥，一日三餐都是糌粑和清茶。因缺乏必要的营养，我的一位同事肝功能呈阳性，并升到了四个“+”号，而我也连续五天莫名高烧，茶饭不进，差一点摸到了鬼门关的大门。结果我们两人双双被送进了医院。而在林芝下乡，糌粑都很少吃，因为群众也并不经常吃糌粑，他们的主食除糌粑外，还经常食用石磡子烙的面饼、荞麦饼等。说起石磡子烙饼，堪称一绝，不仅口感香郁、还温润不燥。一次下乡，我们工作组中有一位湖北人老赵，他素不喜欢由面粉制成的食物，尤其对饼子之类，更是厌恶至极。我便不厌其烦地鼓动他尝尝人生难以吃到的石磡子烙饼。或许是我的谆谆教导感动了他，他终于鼓足了勇气，吃了一口石磡子烙饼，他的这一举动，赢得了全组为他喝彩，似乎他征服了珠穆朗玛峰那样荣耀、伟大。没想到他这一吃竟一发不可收拾，简直吃上了瘾，最后他竟要跟群众买一石磡子，带回家自己烙。

这里的副食也比较丰富，除酥油外，还有牛奶、酸奶渣、手抓猪肉和蔬菜，这些在当时的尼木县，简直是奢侈品。我们在林芝下乡工作时，始终和群众一起劳动，一起唱歌，一起跳舞，听牧羊人讲述野人的故事。偶有闲暇，我们还爬到山上挖掘药材。记得一次帮助群众收割小麦，收工的时间尚早，我们工作组中一位年轻的医生小庄提议去山上挖天麻，大家欣然同意，我们便向一座约有六七百米高的山爬去。爬上山顶一看，却是一块平原，中间有一块近乎圆形约有1米多高的台地，就像人工筑成的祭坛。这台地到底是怎样形成的，我们无人知晓，此刻，要是有位地质学家该多好，恐怕他会向我们讲述形成的有趣故事。台地绿草茵茵，中间还有几棵参天巨松。我们不约而同地向台地走去，走上台地，小庄医生第一个发现了三七，他向我们讲解了三七的科属、形状、药性、药理，给我们上了一堂生动的中草药实习课，然后我们分头去找，越往里走越多，简直连成了片，虽然只有小刀作为挖掘工具，但仅个把小时就大获丰收。我们之中多者挖了2斤多，少者也有1斤多。本欲挖天麻，却得了三七，此乃求蚌得珠，大家兴奋的心情溢于言表，个个兴致未尽，但日已西斜，我们只好惜然离开了这块宝地。回归路上，一路兴奋一路歌……

我有一位邻居，是八一镇的公安局局长，姓马，是青海人，交往多了，也经常谈些各自的经历，有次他给我讲述了他的亲身经历。

那是他和一位同伴下乡工作，在路上撞见了一只豹子正在和一只棕熊决斗。他们虽然都带有防身用具，但是这两种动物也不是好惹的。于是他们停止了脚步，蹑手蹑脚地躲在一堆灌木丛后，静观这惊天动地的豹熊大战。豹子一跃咬住了棕熊的脖子，拼命地撕咬，但棕熊也不甘示弱，用两只壮硕有力的前掌，掰住豹子的头，用力拧转，最终把豹子的脖子扭断，豹子顿时气绝身亡。棕熊看到豹子倒在地上不动，便找了一块石头压在豹子身上，站在豹子身边看了片刻，便慢悠悠地走了。格斗，是动物生存的本能，但棕熊把敌手杀死之后还要在其身上压上一块石头，其动机是防止敌人复活呢？还是表达某种象征意义？马局长他们百思不得其解，看来只有棕熊自己才知道这是什么意思。但有一点可以肯定，棕熊具有接近灵长类动物的智慧。

马局长他们等到棕熊的身影消失之后，才走到战死的豹子跟前看个究竟。豹子确实已悲壮地阵亡，但棕熊显然也身受重伤，因为他们看到，棕熊走过的路上，留下了一路血迹。他们好奇地、警惕地沿着血迹寻去，以探个究竟，约走了三四百米，发现棕熊就躺在前方的山坡上一动不动，似乎也死了。但他们还是不敢轻举妄动，慢慢地逼近棕熊，三十米、二十米，棕熊仍然没有反应，他们继续逼近，一直走到棕熊的身边，这才确定棕熊也壮烈地死去了！它的脖子上，留下了一个拳头大的血洞！这两位宁死不屈的“勇士”，倒也令人钦佩！

2005 年 5 月

刊于《西藏文学》

# 走进曼荼罗

1983 年金秋 8 月的一天，灿烂的阳光，把大地镀成一片金色，湛蓝欲滴的天空，清透万里，这是西藏常有的好天气。我们一行 3 人自泽当镇乘车于早上 9 点到达扎其渡口。雨季的雅鲁藏布江宽阔沆漭、浩荡汹涌，江面上除了几只水鸟外，不见一条渡船。不知是我们来得太早还是船夫来得太晚，我们只有耐着性子苦等，无奈地看着时光和江水一同流逝。2 个小时后，才从对岸驶过来一艘小型机动渡船斜着逆江而行，大约一公里半宽的江面，船行了足足四五公里的路程，船在江面上划出了一道大弧形航道，宛如一张拉满的大弓。

到达江的对岸后，已经下午 1 点多钟，我们早已饥肠辘辘，所幸在出发前每人带了两个烧饼，这时的烧饼，简直胜过山珍海味。两个烧饼下肚，终于使肠胃安静下来。我们便转乘手扶拖拉机向桑耶寺进发，下午 3 点 40 分才到达。区区五六十公里路程，竟辗转消磨了 8 个小时。

桑耶寺名称的意思是无边寺，有的译为存想寺。建于公元 779 年，号称西藏第一座剃度僧人出家的寺庙。著名的大昭寺建于公元 641 年，比桑耶寺年长了整整 138 岁，却没有获得第一座寺庙的加冕，这是因为构成寺庙必须具备三个要素——佛、法、僧三宝。佛是指佛的造像；法是指经书；僧是指驻寺庙的僧人。而大昭寺在建寺早期，只有佛的造像，而没有经书和僧人，所以在当时没有资格称作寺庙，只能叫作神殿。随着时间的推移，大昭寺也具备了佛、法、僧三宝，但藏族群众迄今仍习惯称大昭寺为祖拉康，即神殿的意思。

公元 779 年，在当政赞普赤松德赞的大力倡导和支持下邀请了寂护和乌仗那、莲花生设计建造了桑耶寺，历时四年建成。为使成为名副其实的寺庙，赤松德赞还动员了 7 名贵族子弟驻寺为僧，在西藏历史上称为“七觉士”，他们是巴·赛囊、巴·赤协、白若杂纳、杰瓦却阳、昆·鲁益旺布、马·仁饮和藏·勒珠。寂护是他们的亲教师，并为他们剃度、受戒。他们后来都被委任为讲经的规范师。后又逐渐增加到三百余人，从印度请来了 12 名讲经师，还派人到印度去学习梵文，回来后陆续翻译了大量经文，成为了西藏历史上首先具备了佛、法、僧三宝的寺庙，故一举占据了当时寺院之首。

桑耶寺实际上由数十座大小不等的，微观上独立、宏观上又是服从整体布局的宏大建筑群构成。显而易见，设计者是想用桑耶寺的立体建筑群和相关的空间来表述佛教的宇宙观。将每座建筑的大小、位置、名称等，相对应地成为佛教拟构的世界结构的基本模式，这就是梵语所称的“曼荼罗”，藏语称为“坚郭”，汉语则译为“坛城”。佛教认为世界的中心是须弥山，以主寺乌孜大殿为代表，包括回廊占地面积约 6000 平方米，其建筑形式与其他寺庙迥异。大殿共分三层，一层为藏式建筑，二层为汉式建筑，三层为印度式建筑，故也称三样寺。这是典型的多元文化融合，也是一种历史渊源的宣示。

大殿四角分别建有红、黑、白、绿四塔，其意为镇服四方妖魔防止天灾人祸。大殿四方各建有一殿，代表四大部洲，称为江白林、阿雅巴律林、强巴林、桑吉林。在四大部洲的外围又有八小洲，分别为：朗达仓康林、达具仓玛林、屯堆阿巴林、扎具甲卡林、龙丹白萨林、米约桑德林、那措扎扎林、白哈功德林。还建有日月二洲，周围还有若干小的建筑，大概就是代表小岛了。这些建筑的周围，还修筑了一道一米多高的方中略圆的围墙，周长约 1200 多米，东南西北各有一道门，这大概就是佛教所说的天门了。我们在进入“宇宙”时，并未走天门，因为我们发现这个“宇宙”的围墙年久失修，已经残垣断壁，到处都可以进入“宇宙”漫游，就连牛羊也是随意出入“宇宙”。我们爬到须弥山的最高层，可眺望这个“宇宙”中的天地万物，就连大洋中那些遥远的小岛，也一览无余。过去，我是在寺庙的墙壁上或天花板上阅读壁画大师们笔下的平面“曼荼罗”图解，或眈眈于微小的立体模型，不需移步，就可览尽整个“宇宙”，而今天，我们却走进了“曼荼罗”，考察了“须弥山”，参观“四大洲”，浏览“八小洲”，连“太阳”“月亮”都登临观赏，真是妙哉乐哉！

桑耶寺的设计者们大胆地、巧妙地把宇宙观哲学观从抽象的文字描述具体化为三维立体物象，使人产生直观感觉，达到文字和图像所难以达到得效果，以此强化表述佛家的理念。

桑耶寺的确是一座规模宏大、气派非凡、风格别具、内涵丰富、寓意深刻的建筑群，在西藏的众寺群中，堪称独尊，在最盛时，寺内住有数千僧尼之众。从上述意义而论，第一座寺庙的称谓还应该更广义化，才符合她的身份。

上面谈到的都是外观外貌，实际上更加引人入胜的、使人赞叹的是她经年积累起来的文化内涵。

在乌孜大殿正门的门楣上，高悬着清代皇帝御笔题写的匾额，上书“格鲁伽兰”四个汉字，这块熠熠生辉的金字匾额为这座寺庙争得了不少光彩。大门南侧墙边，矗立着一方高约 3.8 米的石碑，据传为赞普赤松德赞所立，其碑文内容主要是要求佛教徒们用法律形式保证他们的既得利益。它表明了赤松德赞对佛教积极支持的态度。在门廊的额枋上，悬有一个吐蕃时代的汉式古钟，据说是赤松德赞的第三妃子甲茂赞所献，说起这位颇具传奇的女性，不妨多说几句。她在赤松德赞的赞许下削发为尼，并带动了 30 多名贵族妇女剃度出家，她还专门修建了一座殿堂，以表达对佛的崇敬和虔诚，并特意邀请了一位汉族和尚大宝设计监造了上述铜钟，这不仅是对信仰的献礼，更是汉藏文化交流的标志。

正殿大门两边，还雄踞两头张牙舞爪的石狮。这几件吐蕃时代的遗存，经历了一千二百多年的沧桑，仍能完好地保存下来，成为历史的佐证，供人们研究和欣赏，其历史和文物价值自然是难能可贵的。

石雕、石刻和壁画是桑耶寺文化内涵的主要组成部分，也是最为吸引人的部分。石雕部分主要雕刻有佛像和动物像如狮子、大象等，除大殿之外，还散见于围墙之内，特别在仓玛林周围，就有数个狮子和大象的雕像，大小不等，大的高约 110 厘米，长约 130 厘米，小的差不多有 50 厘米－60 厘米高。这些狮子和大象的雕刻，优于大殿门口的那对，风格和工艺水平也明显不同，前者雕琢粗犷古朴，后者造型生动，结构准确，符合解剖原理，工艺精细。后者不仅体现了雕刻师的精湛技艺，还看得出雕刻师对自然生物的细微观察和深刻的理解，用智慧的心扉和灵巧的双手再现大自然中生命的旋律和美的神韵。雕刻师把对自然的热爱、情感和由此而产生的艺术魅力奉献给了世世代代的人们。这些石雕不仅在桑耶寺是文物珍品，即使在全西藏也不愧为艺苑奇葩。

大殿中还有一尊巨大的造像石雕，约有四米之高，系用整块石头雕成，这在当时算是一项了不起的工程，其风格和前者相似。在西藏其他寺庙里从未见过如此多的石雕、石刻，像那些雕琢生动隽美的狮、象更是难得一见。除了石雕之外，还有大量的石刻，形式多用浅浮雕，有的刻工蕴厚，线条洒脱流畅，形象生动，所表现题材大多是宗教艺术方面的，这无疑局限了雕刻家对更广泛的题材和体裁的自由发挥。但是宗教艺术也和其他艺术一样，其创作的基础，也来源于自然世界。所有的艺术创作活动，都无法离开真实的世界。

桑耶寺的石刻遗存数以千计，可惜保管不善，不少都破碎了。三楼南侧就堆了一堆石刻残片。历经千百年不知多少双手共同雕琢出的艺术之花就这样凋零了，令我十分痛心！

瓦当也是桑耶寺所独有的艺术品，有转轮纹瓦当、莲花纹瓦当、云纹瓦当和莲花纹滴水瓦当。这些瓦当都是建寺时烧制的，距今已有 1200 多年历史。瓦当全部挂翠绿色釉彩，颇显富丽，造型和图案虽稍显粗糙，但它是西藏建筑史上难得一见的材质，这使它独具价值。

壁画，无疑是每座寺庙的重要组成部分，如果寺庙没有了壁画，寺庙就失去了活力和魅力，特别是西藏的寺庙壁画，不仅表现了宗教题材，更是以大量的画幅描绘了历史、民俗、战争等内容，西藏的寺庙壁画在过去文化传播落后，著述、出版等极不发达的情况下，不仅补充了上述不足，甚至比文字更加生动具体，在某些方面起了留真的作用。特别是桑耶寺，其壁画内容之广泛，堪称西藏寺庙壁画之首，壁画面积容量也是名列前茅。

桑耶寺的壁画内容主要包括西藏历史、桑耶寺史、佛教哲学、佛本生故事、佛经故事、千佛、莲花生传略、各教派高僧传略、十六罗汉、喇嘛宗教生活等带有程式化的画幅、如蒙人索虎图、六道轮回图、四友图、六寿图等。

综观桑耶寺的壁画，是一部不折不扣的综合性的西藏通史和藏传佛教发展史，所不同的是用图解呈现给读者，使读者产生直观感觉。其壁画容量也非常可观，仅乌孜大殿就有近3000平方米壁画，其大殿周围的数十座大小不等的殿堂未记其中，因为部分殿堂损坏，难以测算，看来的确是一项令人惊叹的浩繁工程。

壁画的年代，大致分为两个时期绘成。早期壁画，因公元1506年桑耶寺发生一场大火而荡然无存，寺庙进行了重新修建，作为依附寺庙的壁画也重新绘制。乌孜大殿外回廊东侧和南侧的墙面就绘有那场令人触目惊心的失火场面和寺庙重建的场面。第二次于1935年热振活佛主持维修、绘制的。

桑耶寺壁画的绘画形式和风格多姿多彩，形成一个壮观的百花竞放的画苑。

在绘画形式上大体上分为三种：一是连环画式，连环画式是指用二幅以上画面来描述一个故事的全部或部分内容。如西藏发展史，桑耶寺发展史，佛本生故事，佛经故事等，这部分壁画约占总量的60%；二是排列画式，虽然几幅画排列在一起，但不一定互有联系，如千佛，各教派历代高僧，民风民俗等，这部分壁画约占总量的30%；三是有固定内容的单幅画式，这些画幅程式化，不同的寺庙都会有这些内容相同壁画。如世界形式图，四友图，六寿图，蒙人索虎图等，这部分壁画约占总量的10%。

在绘画风格上大体分为四种：一是工笔重彩；二是水墨淡彩；三是白描；四是在单色衬底上线描[①]。这些风格各有妙处。这里谈谈桑耶寺独具的两种风格，即白描和水墨淡彩。在大殿三楼内回廊里，画有佛本生故事和佛传故事，称为《如意宝树》。佛本生故事是描写释迦牟尼生前的故事，主要有许大那本生、摩坷萨垂本生、善友本生、猴王本生等。佛传故事是描写释迦牟尼一生的传略，主要内容有乘象入胎、花园降生、七步生莲、比武伏象、王子出行、夜半逾城、六年苦修、树下成道、传经说法、历经十难、佛祖涅槃。

三楼内回廊约有四米多高，但宽度不到两米，在两壁刷过白粉的墙上，自墙角至壁顶，画满了壁画，真乃顶天立地。这些绘画造型生动自然，线条旷达流畅，人与人，人与物，呼应贯通，布局铺排得当，整个画面酣畅淋漓，扣人心弦。

桑耶寺的壁画大多以白描创作，也有少部分在白描的基础上，略施水墨淡彩。这些壁画不仅线条流畅，还兼有水墨淡彩渲染的神韵，颇有画龙点睛之效果。与国画水墨淡彩有异曲同工之妙。通过这些画作，能使人领略到画师在运用造型和线条表达自己的心灵，宣泄情感，传达对大自然的爱、奉献以及用艰辛和智慧铸成的美。

这些在西藏难得一见的壁画风格，勾起我特别的兴趣，为什么桑耶寺的壁画如此独特？我想或许是因为回廊没有神龛，没有塑像，特别是内回廊，光线较暗，相对于外回廊和殿堂，这里不太能引起人们的关注，反倒使画师解放了思想，放开了手脚，就像一匹野马，在这块艺术的田野上，无拘无束地驰骋。在那些显要场合作画，要特别严谨拘泥，必须按《造像

① 这种画法，多为在密宗殿堂或相关的廊壁出现。

度量经》的规矩构图，不能越出雷池一步。有的画师在作画之前，还要焚香念经，以示对佛的敬重和虔诚。从纯艺术角度讲，这些规矩不利于画师的自由发挥，故有些壁画，不免带有匠气，影响了它的艺术价值。这一点我自己也深有体会。我是一名书法爱好者，郑重其事地写东西却往往写不好，在十分放松的时候写东西，反而得心应手。记得有次我给一位画家在画作上题款，因为过分认真。反而写糟了，给画家和我自己都造成了尴尬，这事使我终生难忘。

1983 年 9 月

刊于《西藏民俗》

# 极地寻梦

——没有梦的人生，就像没有太阳的大地

我出生在山东平原，视野所及，除了错落的村庄，便是由近及远逐渐朦胧的原野，最后融入神秘莫测的天色之中。于是，在我那颗稚嫩的心灵里，认定了地球是一个大平原。时光抹去了我的几分懵懂，听大人们讲，地球不仅有平原，有大海，还有高山，高山很高有十几里路那么高！除了几分怀疑之外，更是一种纯真的惊讶，那不是从山顶上可以爬到月亮上去吗？

光阴荏苒，我终于上学了，地理老师告诉我们，中国拥有世界上最高的山峰——珠穆朗玛峰，高度达八千八百四十多米，咦！这太不可思议了！从此便在我的心头埋下了一颗神秘、梦幻的种子，不时在心底萌发、潜动。光阴又把我带进了成年，那正是风云激骤的年代，我也随着这一震撼天地的大潮踏入了社会，离开了我那个见不到山的家乡。从此不仅看到了山，而且看到了澎湃的黄河长江，汹涌的大海，开始认识了地球的真面目。然而我当时看到的都是些低矮的山，不足以儿时所想象的能借以爬上月亮。虽然如此，我毕竟见到了山，而且不止一次地爬上了山，把傲然的山峰踩在脚下，一种潜在的骄傲油然而生。久之，这种骄傲就像山顶上的浮云一般飘散了。

1956 年，我人生经历的航帆出现了较大幅度的转舵，从山东一下走向了西藏。近二十天的行程，犹如爬楼梯，山越来越大、越来越高，连汽车爬起来都十分吃力，它吐着粗气，吼着疲惫的闷声，步履艰难地爬行着。

我和同伴们都无精打采地任凭汽车摇晃着我们的身子，颠簸在忽上忽下崎岖不平的山路上。虽不到二十天的时间，犹如熬过了一年。何日到达目的地——拉萨，我们心中燃起的期盼之火随着时间的延续也愈加强烈。

到啦！一同伴突然高喊了一声，顿时满车十几人都十分亢奋地凝视着一个方向。首先映入我们眼帘的便是雄伟壮丽的布达拉宫，我们终于到达了这座神秘的古城，而且一住就是几十年。

举目望山、出门遇山、走路爬山这就是西藏的特点。也许就是这高山大川，造就了藏族同胞直率、强悍、勤劳、勇敢的性格，孕育了西藏特有的文化内涵。而我也被这些大山所征服、所容纳且并在这些大山刻下了我生活的烙印，留下了我生命航程的轨迹。

与山为伍了几十年，可儿时的梦并未完全实现，那座地球上的众山之王——珠穆朗玛峰的风采只在我梦中忽隐忽现，特别是那些动人的传说，不时勾起我深沉的遐想。

一个偶然的机会使我激动不已。1989年的夏天，自北京远道而来的两位朋友，约我同去珠穆朗玛峰观光。这个突如其来的邀约，使我潜伏的梦幻的火种又被重新点燃、升腾。我高兴极了，稍事准备，第二天就出发了。

珠穆朗玛峰在西藏有一个动人的传说。很早以前，这里是茫茫大海，海里有一只巨大的五头毒龙，为害四方，其周围林木被毁，寸草不生，禽兽无处栖身，生灵毋宁。一日，天空飘来五朵彩云，顿时化作五部慧空行母，以她们无边的法力降服了五头毒龙，拯救了这里的万物生灵。于是人们叩求五位神女永留人间，五位神女应允，并喝令大海退下。一瞬间周围变成了良田、森林和牧场。五位姐妹也化作五座山峰屹立于此，其中三妹最美丽、最勇敢，藏族尊称为翠颜峰，也称第三女神，或称圣女峰。

自拉萨动身，这八百公里的山路显得特别漫长。第一天到了拉孜县，已经是晚上十点多钟，我们胡乱地吃了点东西便各自休息了。第二天一早便赶路。到了定日县，已经是阳光普照。定日的名称颇具传奇色彩，很早以前，这里是一个湖泊，印度有一位高僧名叫唐巴桑吉，不知是心血来潮，还是兴趣使然，一日捡起一块巨石，向此掷来，叮得一声巨响，溅落湖中。从此，湖里便长出一座山来。定是“叮”的谐音，日是山的意思。

定日山并不高峻，但挺拔陡峭，像一位神勇的武士，呵护着这座和平宁静的小城。淳朴的定日乡乡民们过着无忧无虑的生活。过了定日，便进入珠峰区域，路也愈加迂回曲折，有些路段为未经打整的石块铺成，车子行走在上面有如船行浪中，颠簸不已，车速被迫慢下来，慢得像牛车。这倒有利于我们慢慢观赏。离珠峰不远处，有一个山洞，据说高僧米拉日巴（公元 1040 年－ 1123 年）曾在此洞苦修。在此苦修真乃名副其实，因为这里严重高山缺氧加上人迹罕至，乘车来此尚难，何况当时徒步跋涉千里而来，艰难程度可想而知。转而一想人的精神竟能释放出如此巨大的能量，令人折服！

一路走来，阳光灿烂，蓝天上偶尔挂几片轻薄如纱的白云，那明媚晶透的苍穹，一望无垠，仿佛整个宇宙都是蓝宝石镶成的，我的心境也和朗朗的天空一样，豁然畅快起来。

又转了一个大弯，终于可以和令我神往的第三女神促膝相会了，可抬头望去，只见一大片云层，就像新娘的盖头，完全遮住了女神的面庞，千里来相会，却不见久慕的玉颜，我的心顿感失落难当！正惆怅难消之际，令我们惊愕的现象出现了，那片铺天盖地的乌云像魔术似的霎时间飘散了。一座冰清玉洁的巨大身影傲世挺立，就像一位宇宙超人，雄踞地球之巅，高昂着头颅，仿佛正在向太阳对话，而平时在我心目中的那些高耸的大山在她面前形同侏儒。

我站在地球第三极，遥想那古老得令人遗忘的年代。

这里是欧亚大陆边沿，深蓝色的大海，不断滚动着白色的浪花，古老的水生动物，和往常一样寻觅着，遨游着。突然间，海水狂啸，大地不停地颤抖，并发出震天动地的吼声，久已移动着的印度次大陆板块和欧亚大陆板块发生了剧烈的碰撞，这里开始慢慢隆起，大海变成陆地，可怜的水中生物，被曾给他们赐予生命的星球自身的运动送进了坟墓。它们虽死犹荣，因为它们用自身的骸骨书写了地球演化的一章，使后于它们生活在地球上的人类，借助它们以身躯化成的符号，去解读地球的演化史实。

板块不断地挤压，大海却被挤成山系，珠峰成了被挤压的焦点，成为地球上所有山族无与伦比的巨人，大有欲与天公试比高的气概！

正是珠峰的伟岸雄奇，地质形成的奇特性质，气候生成的千变万化，还有那些美丽动人的传说故事，吸引了无数探险者、科考者、观光者不惜冒险来此一游。

我终于实现了久久萦怀于心头的梦想，踏上了离太阳最近的地方，圆梦的满足感，和千载难逢与第三女神相会的机缘，在我生命的记忆里，刻下了一个永久的着重号。

1989 年 8 月

# 藏传佛教艺术中一朵美丽的小花

——擦擦

我爱艺术，也爱收藏。对西藏的一文一物，都激荡着一种如胶似漆的情感。早在60年代初期，我就收藏西藏钱币，后又收藏西藏邮票，其他方面也略有涉猎。但收藏擦擦还是一个偶然的机会所引发。

1980年的秋天，我和几位拉萨文化界的朋友去墨竹工卡县采风，主要搜集民间传说。据当地一位文友介绍，甲玛沟是西藏民间传说的宝库，还有许多名胜古迹，风景也非常美。经他绘声绘色地描述，我们的心神立即飞进了甲玛沟。

我们先参观了甲玛乡所在地，这里曾是一座颇具规模的古城堡，还保留着高二丈、厚约六七尺、长约一千余米的古城墙。在元代，这里是十三万户之一的行政署府，称为霍尔赤康即霍尔万户，后来成为霍尔家族的庄园。据传青藏高原所传颂的民族英雄格萨尔曾领兵攻打过霍尔城堡，在《格萨尔王传》中有一章为《霍尔之战》，就是描述这一场战争。

在霍尔赤康以北不远处有一开阔的草场，就是格萨尔安营扎寨并发起攻城的古战场。在霍尔赤康北边的山坡处有三座气势宏伟的白塔，我们在凭吊这三座西藏颇为少见的巨塔时，发现因年久失修部分塔基残破，而塔内的部分沙土溢向塔外，其中伴有部分擦擦，我顺手捡起几枚，拂去附着的泥土，一下使我那颗平静的心陡然激荡起来，就像一湾静水中投进了一块巨石掀起的波涌一般。那极其精美的造像油然显现，人物在陶土的平面上以高浮雕造型，圆润、细腻、极富质感。有的虽只有2方寸，但人的五官乃至牙齿清晰生动，毫发历历，神采栩栩，就连衣纹花饰，头冠佩物，莲座雕饰和背景火焰等都精细不苟，在擦擦艺术一族中可以说达到了极致，令人叹为观止。它极具艺术和文物价值，使我一下子爱上了擦擦这一艺术门类。

我对这里的擦擦进行了详细观察和研究，发现有如下特点：一是造型采用高浮雕，几近三维造型，立体感极强，使形体更富有质感；二是造型圆润生动，强调不同人物的形象刻画，动态自然，衣饰佩物，乃至背景饰物，无不刻画入微；三是均为红土烧制，以保持擦擦的防湿，耐磨和防损性能；四是擦擦体积相对其他地方的较大，最大的约20公分 ×26公分，最小的也有6公分 ×8公分，多数为8公分 ×10公分，这是因为塔身巨大，塔内空间相应增大，如擦擦做得太小，无异要增大填充量，必然要费料、费工、费时；五是年代久远，这三座巨塔建于什么年代，无法考证，但从擦擦的艺术风格看，当属元末明初，距今应在六百年以上，因此，它不仅是艺术上的精品，而且也极具文物价值，是研究元明时期藏传佛教艺术风格的实物之一。

拉萨的擦擦，我也经常留意，早在50年代，我就在拉萨街头常常看到以做擦擦为生的手艺人，收入极其微薄，仅糊口而已。他们用生泥在预先制好的铜模中填泥，用手压实，然后倒出晾干即可。作品大小差不多，大约4×6公分，均为浅浮雕，制作粗糙，形象模糊，因为是生泥制作，未经烧制，不久便模糊的五官全无，细部难分。我在许多地方的神龛里也看到过很多类似的擦擦，但都是现代作品，艺术效果不佳，不具备收藏价值。在寺庙里偶尔能看到极具历史和艺术价值的擦擦，我想大概是外地信徒带来敬献的。

1983年秋天，我和几位艺术界的朋友来到夏鲁寺考察壁画，在夏鲁寺最底层的一个废弃殿堂里发现了一些擦擦，可惜部分被毁，有些则粘在墙上。顺手拣了几枚，有的相当精美；有的略显粗糙；有的绘以五彩；有的仅用金、红两色轻染，显得清丽而华贵。夏鲁寺中的擦擦风格截然不同，有的趋于写实、有的古朴简约、有的重彩渲染、有的单色轻敷。这些擦擦能够说明夏鲁寺自公元 1087 年建寺以来，除公元 1329 年遭遇一次山洪袭击外，再无遭遇大的破坏，寺中的壁画、塑像和其他艺术品大都保存完好，尚存的擦擦都是制作于不同年代，不同作者，故艺术风格就产生了时代差异和个人创作差异。

如我所收藏的夏鲁派鼻祖布敦大师的造像（公元 1290 － 1364 年），6.5 公分 ×5.3 公分，虽然只是一枚小小的擦擦，但是作者却倾注了非常敬仰之心情和认真的精神，用写实的手法，一丝不苟地塑造出布敦大师的形象特征。据传布敦大师前额和颧骨突出，眼睛沉陷，眼球突出，眼神锐利，对这些特点，作者都刻意作了强调。为了传神，作者还用白粉和黑色点出眼白和眼球，用红色轻染嘴唇，这画龙点睛之笔，说明作者深谙艺术真谛。擦擦主体部分均以金粉罩染华光火焰施以红色，从这些精心处理可以看出，作者对这位藏传佛教历史上卓有成就的大师，采取非同一般的对待。通过这枚擦擦，我们看到了一位精力充沛、敬业和睿智无比的圣智形象，活灵活现地塑造了布顿大师的形与神。

从擦擦背面的三个朱笔古藏文看，它所制作的年代不晚于明代。对典型人物或典型的制作虽然有所不同，但在用料、用色、用工上都特别关照。

我还收藏到一枚大威德金刚的擦擦，9.3 公分 ×7 公分，泥料中掺有藏纸，以增强泥的韧性。整个造像，表面有一层似漆非漆的镀膜，使表面有光泽感，似有骨雕的味道。在它的背面还盖了一枚圆形印章，内中是一枚海螺图形，这是我所收藏以及所见到的擦擦中所仅有。这枚擦擦的主体也和布教大师像一样，用金粉罩染，边沿饰物为红色，这种敷色方法，显得富丽华贵，但又简约明快，从制作到敷色，无不体现出其精致。

带五彩的擦擦，外部造型与其他擦擦相同，在一块大约八九公分见方的泥块上模压出一个直径六七公分的圆，深约 1.3 公分，仿佛一个小小的佛龛，佛像就在佛龛中。这类擦擦虽敷以五彩，但制作较为粗糙，全用生泥制作，密密麻麻地全部粘在墙壁上，类似壁画中的千佛。

总之，夏鲁寺的擦擦不论年代、制式、风格等，都是丰富多彩的，与其他地方相比，有其独特性，颇有收藏价值。

对夏鲁寺的壁画考察结束后，我们一行 3 人又到了萨迦寺。萨迦寺分南寺北寺，北寺建于北宋神宗元丰二年（公元 1079 年），而南寺建于南宋度宗咸元四年（公元 1268 年），南寺完好，北寺已荡然无存，只剩 10 余座残塔，我们在残塔的周边找到了几枚擦擦，仔细一看，立即被那精美所震撼。

萨迦北寺的擦擦，既不同于拉萨，也不同于霍尔赤康和夏鲁寺的擦擦，它也是烧制过的，但有红陶、灰陶、黑陶甚至还有罕见的窑变色，即同一枚擦擦出现两种颜色。其形制有方形的、圆形的、椭圆形的；有佛像、宝塔、经文等，虽然这些擦擦为浅浮雕造型，但都特别精细。

萨迦北寺的擦擦造型，带有明显的“犍陀罗”艺术特点，古朴、简约，强调人体的变化，即三道弯造型。背景装饰比较简单，如有的在主尊两边只有两座小塔；有的装饰图案属亚热带植物；有的在周边有梵文。从这些艺术特点看，它有可能是在印度、尼泊尔订制的模具，或直接聘请印度、尼泊尔艺师来此制作。它的制作年代应在萨迦北寺建寺的同时封于各塔腹腔中的，距今已有近千年历史，因此，无论它的艺术价值，还是历史价值，都闪烁着耀眼的光芒。

西藏的擦擦始于何时？见之汉文史籍最早的记载是《元史・释志传》，但也仅有三言两语带过，如云：“擦擦者，以泥作小浮屠也。”又说：“做擦擦或十万二十万以至三十万。”以此或许可以证明，元代以前已有了擦擦。

至于其具体的出现时间，通过对藏传佛教发展脉络的了解，以及我对擦擦的风格和艺术特点的研究，我得出一个粗略的结论。众所周知，藏传佛教是公元七世纪初传入西藏，但万事开头难，早期的藏传佛教，很多方面都不完善、不成熟，故到了公元九世纪末才有了第一座佛、法、僧三宝齐备的寺庙——桑耶寺。此后，又遭到代表苯教势力大臣们的强烈抵制，乃至形成激烈的灭佛运动，灭佛运动到朗达玛执政时达到高峰。这之前，在西藏应该未出现擦擦。即使在朗达玛被刺后，西藏出现了长期混乱，佛教仍处于低潮。直到朗达玛的重孙吉德尼玛衮逃到阿里，建立了古格王国，重振佛教，修建了许多寺庙，这才出现了早期的擦擦。

从古格遗址的早期擦擦制作特点和艺术风格看，与萨迦北寺的擦擦极为相近，因此，我断定他们基本上属于同一时期的产物（也许古格王国的略早一点）。因此，它们具有很高的收藏和研究价值。

擦擦，是梵文的音译，实际上是专指模制的佛像、佛塔、佛经等，绝大部分是泥制，分生泥和烧制两种，也有极少量的木雕或石雕，前者多数放在佛塔腹腔中，少数放在玛尼堆或佛龛中，而后者是放在佛龛或摆放在佛坛上。由于绝大多数擦擦是经模具成型，因此它的体积早已固定，故称小型佛像。从现已发掘的来看，大不盈尺，小的仅拇指甲大小，多数在7公分 ×9 公分以下。

擦擦虽小，但它在佛教教义中的功能是一样的，它所表达的内容，也和其他表现形式如塑像、壁画、唐卡等一样，都是佛教信徒们通过这些艺术造型像来表达对神的崇拜和敬仰，对教义的阐释和宣传，对自身平安、吉祥与富贵的期望和精神上的寄托，因此，它便罩上了一层神圣的光环。

擦擦，在长期发展过程中，已经形成了藏传佛教文化的一个门类，由于它悠久的历史和独特的艺术魅力，更因为西藏这块神秘土地的一种文化现象，引起了诸多专家、艺术家、收藏家的兴趣。特别是艺术界，更奉为至宝，千方搜求。

随着时代的发展，所有具有历史、艺术、研究价值的宗教艺术品，渐已成为收藏对象。有收藏者，就有市场，十多年以前，日喀则自由市场就有擦擦出售，拉萨冲赛康也有，北京的文物市场更是和各种文物齐辉，精品可卖到三四百元一枚，虽如此，仍有追捧者不吝资而求之。这说明，擦擦由于它所包含的广泛内容，形制的多样，悠久的历史，不同的艺术风格和诱人的艺术魅力，很自然地就成为爱好者追捧对象。这是一件好事，因为它保护了那些濒临损毁的艺术品，不仅扩大了人们对藏传佛教文化艺术的认识，同时也扩大了人们对藏传佛教艺术门类、特点及历史的研究队伍，对继承、发扬藏传佛教优秀文化艺术无疑发挥推动作用。

# 酥油茶情结

它不似花香
却比花香更具诱惑
它不似美酒
却比美酒更容易陶醉
想到浓香的酥油茶
我的心便立刻飞回西藏
——题记

世上有些好的东西，往往不被人们认识、接受。我第一次吃苦瓜的时候，就大惑不解人为什么要自讨苦吃？但吃了第二次乃至第三次之后，我已完全改观，它苦中有香，苦中有甜，真是苦尽香甜来。还有一种菜，南方人称之曰："折耳根"，四川人也把它俗称"猪耳朵菜"，这大概是以叶型命名。它的学名曰"鱼腥草"，这是以它的性味而命名。它有似鱼腥而非鱼腥的味道，正是这种独特的味道，使初食者却步，使爱好者上瘾。我初尝此菜，简直令人不能容忍，可在四川人喜食此菜的氛围里，又免不了还要碰它，谁料碰多了竟上了瘾。

1956年，我奉调到西藏，被分配在西藏干校[①]财务科工作。俗话说"入

① 西藏大学前身。

乡随俗”，既然已经生活在藏族同胞为多数的生活圈子里，就要适应这种生活环境。在当时酥油和糌粑是藏族同胞一日三餐不可或缺的主食。糌粑是一种由青稞麦炒熟磨制而成的粉，酥油是牛羊奶中提炼而成的脂肪，含有丰富的营养。在旧西藏，蔬菜种类和产量，都微乎其微，瓜果更像是王母娘娘的仙桃，难得一见。广大藏族同胞，根本无缘吃到这些近乎奢侈的东西，只有从糌粑和酥油中摄取相应的营养。酥油茶，便是藏族同胞们主要的饮品之一。西藏系高寒环境，嘴唇容易干裂，经常喝酥油茶，可防干裂。冬天喝了酥油茶，就像在体内安了取暖气一般，一身暖气融融，振奋精神，充沛精力，使人身心舒适惬意。酥油茶不愧为健身养人的佳品，但因其特殊的味道，常常使初尝者难以接受。

我们西藏干校的教职员工和学员大多数为藏族同志，生活是汉藏混式，早餐主要供应酥油茶和糌粑，糌粑容易对付，只有那酥油茶，我始终难以鼓起第一个吃螃蟹人的勇气。一个月过去了，我仍然闻而生畏。

为了工作的需要，我们财务科新安排了一位科长，名叫洛桑。有次他要我喝酥油茶，这下可触到了我的窘处，因为此时我仍无法接受酥油茶的味道，我便客气地说“谢谢，我不会喝！”他不肯放弃，非要我喝不可，我只好向他投降，龇牙咧嘴地喝下了第一碗酥油茶，洛桑科长却昂首大笑起来，小胡子也撅向了天，他笑得那副灿烂开心的样子，简直像个儿童。后来他再让我喝酥油茶时，我便不再抗拒了。

我喝酥油茶便自此始，后来竟一发不可收。集体食堂打的酥油茶虽不太好喝，我也抢着装满一大茶杯，回到宿舍喝个尽兴。到藏族朋友家做客，主人倒酥油茶，也从不推让，甚至喝个肠满肚圆方休。久之，自觉不好意思，便下定决心自己来制作酥油茶，随即置备了酥油茶桶，买了酥油、茶叶等一应俱全。打酥油茶看似简单，操作起来并不容易，要么盐巴多了，要么盐巴少了，一时难以掌握好一个恰当的度，打起来也是呼呼啦啦往外跑，溅一脸一身，局面令人尴尬，但我深信实践出真知，一面向藏族朋友们请教，一面不断实践，经过一段时间后我终于学会了打酥油茶。要想打好酥油茶，一块好酥油是关键，因此买酥油成了一门学问，买不好就会买到掺植物黄油或捏碎的熟土豆的或者麻口的旧酥油。后来我打的酥油茶，用藏语来说：就是“拜亚古都”（意为非常好）！有时我也邀请藏族朋友们来我家喝酥油茶，以卖弄我的手艺。

在我刚学会打酥油茶不久，记得是在1960年的秋天，前苏联“狄纳莫”足球队访问我国，在北京与我国国家队进行了一场友谊赛。我用半斤新鲜酥油，打了足有20几磅酥油茶，邀了两位酥油茶迷兼球迷，一面听中央人民广播电台的现场直播，一面品尝着香浓的酥油茶，不到2小时的比赛结束时，20几磅酥油茶也被我们3人喝了个精光。直到现在，我们还美滋滋地回味着这件令人陶醉的往事。

在和藏族同胞同吃、同住、同劳动的那些岁月里，糌粑和酥油茶成了我们共同生活和感情的纽带，我们常常和藏族房东围坐在一起就餐，不会抓糌粑的汉族同志，往往抓挠半天还抓不“称妥”，吃得嘴巴满脸上都糊着糌粑，那种滑稽样子逗得大家噗噗直笑，藏族同志喝酥油茶喝到惬意时，嘴巴还要咂出嘎嘎的响声，我们也跟着他们学，虽然样子笨拙，但也平添了几分欢乐。我们同甘共苦，亲密无间，乃至忘却了身在他乡做异客的身份。

随着时光的流逝，我先后更替了4个酥油茶桶，也算是一个资深的酥油茶迷。在我的感染下，我全家也都慢慢地迷上了酥油茶，成为“资格”（川语）的酥油茶世家。

虽然我现在已离休回到祖国内地，但一想到浓香诱人的酥油茶，我的心便立即飞到那难以忘怀的岁月中去了。然而我现在唯一能够实现的，大概只剩下惆怅的回忆和精神会餐了，但我对西藏的山山水水和酥油茶的酷爱，却永远一往情深！

1999年5月

# 家乡的洋槐花

晚春时节，我回到了阔别已久的故乡——潍坊市城北的一个小村庄。村里村外。到处挤满了洋槐树，串串洋槐花，就像白玉雕成的项链，挂满枝头。清风徐来，她那诱人的清香。随风不断送入千家万户，送入晚春的原野，诱惑着蜜蜂蜂拥而至，哼着恋歌，贪婪地采着花蜜，流连忘返……

这些嫩绿的洋槐树，散发着幽香的洋槐花，在家乡晚春的时空里显得特别诱人抢眼，大有独占整个晚春世界的架势。面对这幽香，我的视线被吸引、我的嗅觉被唤醒、我的情感被俘虏……于是便情不自禁地回忆起40年前。

那是1962年，也是这块土地上的晚春时节，可满庄洋槐树上那些尚未睁开眼睛看看这个世界的花苞和嫩叶，早早地被人们当作食物吃进了肚子，只剩下那些断枝残叶，在风中凄楚地发抖。一个本应是生机盎然的晚春，顿时被撕扯得残缺不全！面对此情此景，我的心碎了，酸楚的泪水潸然而下。但我知道，这不是人们的无情和残忍，而是求生本能的无奈。

粮仓里没有了粮食，地里的野菜被挖光了，可供充饥的东西几乎找不到了，人们便无可选择地将手伸向了洋槐花和洋槐叶，于是，所有的洋槐树便成了光秃秃的树干，失去它应有的生机。

兴衰消亡，是万物永恒的规律，现在洋槐花又盛开了，开得那么灿烂，但没有人再去碰她，只有蜜蜂在她身边轻歌曼舞，昭示着盛世太平和丰衣足食，我那时辛酸的泪水，早已化作如今舒心的喜悦。

2002 年

刊于《四川印务报·副刊》

# 山东人

阔别故乡已经很久了，想回老家看看的夙愿，常常萦怀在心头，今年晚春时节，终于圆了这个梦。家乡的变化，使我惊诧不已！且不说那些欲与天公试比高的大厦，就连那些曾是陋街僻巷局促不堪的居民区，也兴起广厦万间，林林总总，蔚然大观。我所熟悉的亲戚朋友的那些老屋，都荡然无存了，我只有东问西找，才艰难地找到那些十分陌生、整齐划一的新屋。

农村亦然，世世代代居住的狭小简陋的茅屋，永远地告别了，取而代之的是醒目的红瓦房，宽敞明亮、窗明几净。有的更是装修华丽，家电俱全，正在迈着追赶城市的步伐。他们的代步工具也正在向城市靠拢，青年人外出都是乘摩托车，风驰电掣，好不威风。少数富裕者，还驾着自己的轿车，行驶在密如网织的农村公路上。这一切构成一幅具有现代农村风貌的生动画卷，在齐鲁大地上展开，令人心旷神怡。

更令人心悦诚服的是山东人的优良传统品格，在当前精神文明不尽如人意的情况下，很多山东人仍保持着优秀的传统品格——直率、诚实、热情。仅就我在短短的数天里所遇到的几件小事，足以证明这一点。

回家的第二天，到潍坊市区购物，想顺便买张电话磁卡。直到上了回家的公交车，才想起忘买电话磁卡，我与妹妹谈论此事时，或许恰巧被我后座上的一位年轻女性听到了，热情地告诉我："电话磁卡附近就有卖的，你向前走几步拐右手大约三四十米处就有卖"。

"大概已经来不及了。"我说。

“来得及，这车大约还有10多分钟才开，我带你去。”她一面说着，一面下车带路。

买好电话磁卡后，她还善意地指示我去试试，以免买到伪品。我一则怕我和她误车；二则我买的是低面值卡，即使假的也无大碍，就没有去试，便向这位年轻女性反复道谢后回到了车上坐定，但我的感激和感慨之心却久久不能安定。

另有一次去赶集，刚走出集市时，妹妹突然想起要去买西瓜，她匆匆离去，我便在一摊点背后等她。摊主是一位四十岁上下的女性，看到我站在她的背后，便起身把她坐的马扎热情地让我坐。我想她有生意在身，我却闲暇无事，何以忍心让她站立劳累，便客气地谢绝了。此事虽小，但却体现了人性的纯美与善良。我的心顿时被一股热流所冲击，所震荡！

在回程路上，遇到一位驾摩托车的中年人，后座上还带着一位十五六岁的少女。中年人戛然把摩托车停在我的身边，问我去何处？我答去丁家村，他说上车我带你走。我虽有累意，但实在不好意思麻烦一位素不相识的人，只好再三谢绝。中年人因我执意不坐，便发动摩托车疾驰而去，我以感激之情目送着他那可亲可敬的身影远去。

短短数日，我结束了在故乡的探亲旅程，转赴威海探亲，我所乘坐的客车驶进烟台地区一个叫宏朝的加油站，服务人员不仅热情接待司机加油，为其免费擦车洗尘，同时还为旅客免费供应茶水。使司机和旅客颇有宾至如归之感。

以上经历，虽然都是区区小事，然则一叶知秋，从小处也能窥见一个人灵魂深处的美与丑。这次故乡行尽管时间短促，但屡遇好人好事，我想并非偶然，这是因为山东处处盛开着精神文明之花。数天来，我重归于这种热情友好的氛围之中，使我的心也被融化于这温暖之中。

2002年8月

刊于《蓉城锦秋》

# 威海情愫

我的胞兄因工作关系自50年代定居威海，因此，威海也成了我常来落脚的地方。

我第一次来到威海，是1962年的初春，乍暖还寒。时正值三年“自然灾害”的阴霾尚在徘徊，威海这座相对富庶的海港小城，也未幸免灾难的伤害，人们的脸上仍然凝着沮丧的阴云。亲戚朋友见面，略事寒暄，口中便宣泄出一个沉重的话题——天灾人祸带给他们的悲苦，我静静地听着，但无言以对，只有深深地叹息！

时光荏苒，岁月催白了我的双鬓，但威海却变得越来越年轻，越来越漂亮了。

当时的威海，还是一座仅有三万人的县级小城，屈指可数的几条街道，把小城分割成几个小块，俨若儿童玩的积木镶嵌在奈古山坳，面对着浩瀚的大海，更显得渺小。百分之九十的建筑都是中式黑瓦和麦草覆盖屋顶的矮小平房，楼房寥若晨星，层高四层就算出类拔萃了。有的街道是土路，街巷的下水道都是明沟，晚上出行还真要几分小心。唯一抢眼的建筑是孤零地坐落在现在海滨公园中南端的英国人遗留的几幢洋楼，绿树簇拥着红色尖顶的洋楼，煞有几分惬意的骄傲，这是英国人在威海拓展殖民主义的遗迹。它像一根美丽的毒刺，深深地扎入我的心脏，总是隐隐作痛！

2002年初夏，我又一次来到了威海，红顶小洋楼已经无影无踪了，取而代之的是辽阔而漂亮的海滨公园。过去中国人不能涉足的地方，终于成了中国人自由散步、小憩的所在。男的女的，本地的外地的在这里闲适地尽情享受着自由的阳光和空气。

我漫步在这块热土上，深深地呼吸着由海风送来的沁人心脾的清爽，静听着和悦的涛声，这一切顿时抚平了我那颗受伤的心，一种畅然的骄傲和亢奋的自豪感跃然涌上心头，和着眼前大海的波涛，不禁地翻滚澎湃着……

此后，我又爬上过去我常去的环翠楼，它处在奈古山上，面对着大海，在这里俯瞰威海市容，远眺大海，一览无余。我在这里目睹了威海从一个老气横秋、匍匐于山坳中的老城返老还童，并成长为一个茁壮英俊的新城。那个像单色积木块堆成的小城，已经永远地消失了，只有在老人的记忆和当时的摄影家的定格中才会浮现出他令人慨叹的影子。现在，我正面对着一个脱胎换骨、令人震惊的新威海，岿然雄踞在中国的东大门。林立的高楼大厦，竞相展露各自的风采。倚着山麓，沿着海岸，排比参差，绵延缥缈，无边无际；车水马龙，逶迤船舶，交织成一幅壮美的时代画卷！

2002 年 8 月

刊于《散文潮》冬季卷

# 商 道

我父亲的一生唯爱喝茶。大约自10岁起，父亲便让我给他买茶叶，并叮嘱必须到我们县城的“瑞祑祥”茶庄去买。我当时并不知个中缘由，只是忠于父命而已。每次买，多则二两，少则一两。

我第一次到“瑞祑祥”买茶叶，看到店堂内顾客摩肩接踵，可相邻茶庄的顾客却是寥若晨星，这使我十分不解。回到家里，父亲找出他那杆老得近乎可称之为古董的秤，把茶叶一称，秤杆翘得高高的，父亲脸上顿时春光明媚，并不停地说：“好称，好称……”，接着他把纸包打开，将茶叶贴近鼻尖，轻轻一闻，脸上又是一番阳光灿烂，并满意地说：“嗯，这是地道的‘黄山云雾’。”我却被这“黄山云雾”弄得一头雾水。从此：“瑞祑祥”茶庄便留下我数不清的脚印。

我十八岁那年，参加了工作，来到了济南银行工作。一次我要去买布，与我同桌办公的一位王姓同事，是济南通，他要我到祥字号绸缎庄去买，我问及理由，他侃侃然给我谈起了祥字号的故事。

山东章丘市有个闻名遐迩的九军孟家，孟氏过去是一个大地主，还算开明。后来，他转做生意，专营绸缎、布匹和茶叶，先在济南开“瑞祑祥”绸缎庄和茶叶庄，他的经营宗旨是所进之货，必选上乘产品，严禁一切低劣、假冒商品进店，童叟妇妪，一视同仁。即使买半尺布、一两茶也不拒绝，而且保证足尺足秤，如果你买一丈布，准多给你二寸，买一斤茶叶，少说也多出半两。买多买少，都给你叠好用纸包好捆好递到顾客手中，总是笑脸相迎，客气相送。他们的店员，虽中年人居多，但都训练有素，不论顾客多少，他们都是从容不迫，工作一丝不苟，尽力做到尽善尽美。由于他们重诚信、重商德，不久便名声大振，生意十分红火，很快在山东全省拓展营销网点，进而辐射半个中国。到解放初期，不过几十年的时间，孟氏的祥字号绸缎庄、茶叶庄生意已扩展至广州、上海、武汉、南京、北京、天津、沈阳等各大城市。除“瑞蚨祥”外，还有“隆祥”“宏祥”“泰祥”“德祥”等商号名称，故称祥字号。所有祥字号的经营理念都一脉相承，故很快在全国大都市发展壮大。

我记得当时只买了七尺衣料，回来一量，就多出了一寸半，真是名不虚传，这时我才明白小时候父亲为什么让我必须到“瑞蚨祥”茶庄去买茶叶。诚信和商道，听起来似乎很抽象，但一旦付诸实践，它就会化为巨大的力量和惊人的效果！

现在有些商家，总想走捷径，抛开商家应持之道——诚信和道德，搞掺杂使假、以次充好、缺斤少两、坑蒙拐骗。这种做法，即使能得一时之利，也是极不光彩的！

有人说得好，诚信是商道的生命。既如此，每个经商者，应当珍重自己的生命吧！

2003 年

《散文潮》冬季卷

# 点燃我心灵的圣地——阆中

渝水如碧，环山如黛，阆中像一颗硕大的珍珠，被翠山碧水包在中间。不知是上帝的鬼斧神工，还是大自然偏爱这阆中宝地，竟使阆中独享这人间绝佳地理环境和灵气秀韵的美色。难怪这里自古以来就人才如宝泉，湍流不断。古有伏羲兄妹莅降南池；西汉落下闳创制光耀千秋的《太初历》；樊哙为刘邦灭项羽勇打头阵；三国时的马忠、程畿是蜀国的名臣；宋有阆苑三学士，锦屏三状元，张宪英勇灭金兵；明蜀中花木兰、韩娥女扮男装从戎为义军，被明玉珍封为贞烈；到红军战士冬娃奋勇杀敌皆传为天下佳话。仅此一地，历史上就出了116名进士，人才丰盈，真乃人杰地灵，群星璀璨。这里的人文胜景，就像裸露在光天化日之下的金矿，到处金光闪烁！

锦屏、白塔两山，各踞东南，若半壁城廓，保护着心脏阆中。锦屏山万树覆碧，百花溢香，烟锁霞帔，灵气蕴涵；白塔山胜景荟萃，唐代大佛、观音大殿、白塔、书岩参差在绿海中间，俨然佛家崇仰的宝地——须弥山。

城西有张飞庙，城北有滕王阁，还有那数不清的寺院、仙洞和楼台亭阁，各展雄姿，各具魅力。

嘉陵江就像一位痴情的恋人，忠贞不渝地依偎在阆中身边，倾诉着情笃意切的悄悄话……

千姿百态的名胜古迹，丰富厚实的文化底蕴，诱人心动的自然风光，像磁石般吸引着历朝历代的文人骚客，如杜甫、元稹、李商隐、欧阳修、苏轼、文同、司马光、黄庭坚、曾巩、陆游、杨慎、杨瞻、汪琬、吴伟业、张之洞等；还有画家吴道子、张善子、丰子恺等。他们或趁着癫狂的诗兴朗诵自己的即兴佳句，或把诗素细嚼后再成华章，还有那构思巧妙的生动楹联。画家们把捕捉到的美丽带回家中，让其永远点燃心灵的冲动！总之，这里是激人心灵的诗泉，拨动画家神经的矿藏。

啊！古老美丽的阆中，正在焕发新的活力，把古老的灵与美融进壮阔的时代之中，成为一颗更加耀眼的明珠！

2004 年

刊于《散文潮》冬季卷

# 花开夕阳香更浓

去年金秋十月，重阳佳节，成都市老年诗词学会120余名老年诗友，汇聚翠薇山下，达通河边，在充满传奇色彩的古镇——三郎镇召开诗词创作研讨会暨2001年年会。与会者都是一些退而不休的老人，最长者91岁，最年轻者也已56岁，七八十岁者占多数。

他们曾为中华民族的解放事业出生入死，为催生一个伟大的新中国立下了汗马功劳！也曾为祖国建设事业呕心沥血、添砖加瓦。他们战斗的一生，拼搏的一生，奉献的一生，就是一首首壮美恢宏的史诗！

学会顾问秦楚老，已80岁，是一位老将军，早年参加过新四军。他的一生是传奇的一生。乖舛的时世剥夺了他的读书权利，贫寒的家境迫使他走向乞讨之路，革命洪流又将他卷进人民子弟兵的队伍，南征北战、枪林弹雨把他锻造成了一位人民解放军，离休之后热衷诗词。他自谦地对人讲："秦老不算老，诗多佳作少。"我则认为："秦老不算老，诗壮品位高。"他的诗爱憎分明，健康向上，充满凛然正气，洋溢着高阔壮丽之美。

与会的最长者，是犍为县91岁的赵伯州老先生。他辗转近300公里出席这一盛会，并在大会上即席发言、赋诗，赢得广大诗友的交口称赞和尊敬。赵老先生对传统的中华诗词深爱不渝，但又强调不落窠臼，勇于创新。赵老先生的活跃思想，给我们树立了一个老而不僵的典范，值得学习。

还有一位温昌绪先生，也是颇受敬重的诗人。他不仅精于古典诗、词、赋，而且还是一位雕塑家，字也写得好，可算是一位多才多艺的诗人。他的性格豁达开朗，正直豪爽。虽不幸得了绝症，但他不畏病魔，笑对人生，仍然不遗余力地写诗、填词、作赋，扬中华民族五千年文明，歌振兴中华民族之伟业！大哉，丈夫也！

所有与会者，都对中华优秀传统文化倾注着无限的深情，洋溢着由衷的自豪！他们在会上争先宣读自己的论文，朗读自己的得意诗章，百家争鸣，气氛热烈。

过去，我们在各条战线上以勤劳的双手、满腔的激情、睿智的创造、高尚的情操，向国家和人民奉献了一生。无情的历史年轮在他们身边悄悄碾过，慢慢地双鬓染霜，头盖白雪，不可抗拒地步入银色行列。他们虽失去了青春的容颜，但仍保持着一颗炽热的心、高尚道德情操和知识财富。在他们的脸庞上找不到丁点悲观的迹象，在他们的眼神中看不到一丝颓唐的影子，溢于精神风貌的是：

壮心未与年俱老
求索古稀仍执着

他们积极握起流淌着激情的笔，在精神文明的战场上，做一名光荣的战士，让晚开的花在夕阳中更美更香浓。

2001 年 10 月
刊于《蓉城锦秋》

# 我自装点晚霞美

离退休，是每个劳动者在人生的旅途中都要面对的一个问题，不过如何面对，则是一个需要探讨的问题。根据我的观察离退休者对此大凡有两种态度，一是积极对待人生，虽离退仍能体现人生的价值；二是悲观失望，闷闷不乐，无所事事，或沉湎于麻将，消时混日，把应有的余热冷却于流年。这两种态度于社会、于个人会产生两种截然不同的结果，为此，安排好离退休生活，使晚年生活更有意义将是重要的。为和老年朋友探讨如何过好离退休生活，我在此略谈个人体会。

## 一

人生有几个转折，离退休是其中一个较大的转折，人从一个丰富多彩的社会群体，突然回归到一个社会小细胞里（家庭）。必然会产生一种不平衡、不适应感。我初离休时也很不习惯，一觉被社会遗弃；二觉孤独，顿生伤感，使我陷于痛苦之中，但我意识到如不摆脱这种境况会影响身心健康，于是开始进行了调整。

首先，从心理上进行调整。我想，离退休既然是人生必经的一个阶段，那么就应该现实地应对，以积极的人生观向空虚无为挑战，以乐观、进取去占领心理领地，不让虚浮和颓唐有机可乘。

其次，从现实生活进行调整。我本来有些业余爱好，原在工作岗位上只能在八小时以外的时间从事自己的爱好，而现在我成了时间的主人。何不充分地利用属于我的时间，以使生活过得更充实、更有意义。我便做了如下安排，每天学习 2 小时，主要是读书看报，以了解国内国际大事和充实专业知识，并保持活跃的思想；练习书法，书法是我的一大爱好，我深深地体会到练习书法，不仅能够增长知识，陶冶情趣，而且能延年益寿。这么说是因为运笔需要凝神聚气，心力并举，乃是一种自然气功，久之气功便发挥健身强体作用。我们不妨历数中国大书法家，高寿者众矣。

再次，我还爱好集邮和收藏钱币。这两项活动对老年人也十分有益。邮票虽小，然则承载的知识量却是博大精深，说它是一部百科全书实不为过；而小小的钱币则是一部金融历史通鉴，它蕴含了不少历史典故和重要事件，从中可获取很多历史知识，可谓是陶情益智、广闻博见的活动，又可谓是一项颇具潜力的投资。

最后，还抽时间撰写散文、诗歌。人一生的经历是丰富的，有坎坷不平，也有快乐和幸福，人生五味均有体验，要能把所闻所见，或自身感受写出来奉献给社会，对人对己都有益处。

我离休后的 10 余年，除与人合作出版了一本《中国西藏邮政邮票史》之外，还发表了 50 余篇散文、40 余首诗歌；多次参加地方及全国性的书画大展，屡屡得奖。2003 年应邀协助编辑了《燃烧的记忆》一书，并且经常参加一些专业活动。

我的日程安排非常丰富，这就使我离而未休，甚至比上班还忙，它使我的离休生活十分充实，不仅无暇孤独、寂寞，反而使我精神饱满，身心健康。我深深地体会到年老不一定枯萎，离退不一定无为，正如一副对联所云“树老根弥壮，阳骄叶更荫。”

## 二

当然，人的性格不同，爱好各异，不必强求干什么不干什么，只要能陶情怡性，舒心欢乐，有益于身心健康均可为之，俗话说“萝卜白菜，各有所爱”。如养养花、喂喂鸟、打打牌、下下棋、钓钓鱼与朋友谈心交流或研究自己的兴趣等，都是怡神健身之道也。这里我想要特别指出的是“打麻将”。我认为只要不以赌博为目的，搓搓麻将亦属正常，但不可沉湎。我发现有相当数量的人把搓麻将当成一种专业，天天搓，常年玩，把搓麻将自谑为“上班”。这就背离了娱乐的目的，反而自伤身体。长时间打麻将的人都有如此体会——五六个小时下来，便有头昏脑涨、腰痛背酸、疲惫不堪之感，久之则必积劳成疾。特别是有心脏病的人更要注意！麻将桌上的输赢，会造成人的情绪潮起潮落，易造成心脏病的突发，猝倒于麻将桌上者也多有所闻，其不悲乎！

## 三

要坚持锻炼身体，常言道“生命在于运动”。这是经全人类总结出的一条真理，然而说起来容易，做起来却并不容易，特别是常年坚持，就必须有超常决心和毅力。

对于健身之道，要保持心平气和。有了烦心事，要善于排解，比如去找人聊天，去做你所喜欢的事情，此时去打打牌，也不失为一种较为有效得选择。这样，就会冲淡你的烦恼，甚至完全消解；坚持做适于自己的运动，时间和运动量，都要根据自己的身体和年龄条件而定；注意科学饮食，不可暴饮暴食，也不可偏食，多食营养丰富的食品和水果；随时注意身体之变化，及时进行治疗。这里我把保持心平气和列入了第一要素，这是我自身的经验总结，也是对周围世故的观察得出的结论。长寿者往往能深明事理，凡事不过分计较，宽容旷达，自怡自乐。而郁郁寡欢，积忧愤于心而不能排解者很难健康长寿。我们都知道三国名将东吴周瑜，文武双全，英才横溢，然则常年积忧愤于心而不能解，不幸英年早逝。古今中外，凡此正反事例颇多，在此不赘述。

西藏流传一种说法，离退休回祖国内地之干部职工，都要过三年关，我却不以为意。现实中却有回到祖国内地不足三年而去世者。汉族同志在西藏居住时间长了，乍回到祖国，因水土、气候变化，产生不适反应也属正常，这需要再适应。我认为关键问题不在此，而在于心理上的失调，造成情绪压抑，又不能及时调整过来，因而致病。特别是癌症，不少是因为心理压抑而致，在我了解的熟人当中，不乏实例。所以摒除烦恼，自寻娱乐，当为首要。

## 结　语

老有所为，老有所乐，绝不是一句空话，只要自己去寻觅，去把握，人生晚年的生活照样多姿多彩，美满幸福。正如《夕阳红》中所唱："夕阳是陈年的酒，夕阳是晚开的花……但愿浓艳的花遍开夕阳中！"

1992 年西藏人民广播电台同时转播
刊于《西藏日报》

# 南山不老松

1954 年 10 月下旬，我从朝鲜回到了祖国丹东，倍感激动！心想，在丹东和朋友好好放松一下，可还没有来得及松口气，上级便命令我和一位同事去南方出差，第二天一早便动身。天有不测风云，那天早晨飘起了纷纷扬扬的大雪，我们只好裹上厚厚的冬装出发了。

第一站到了广西贵县[1]，仅两天的行程，我们从万里雪飘的东北，一跃到了仍是一派夏日风光的贵县，我第一次领略到祖国辽阔地域上的气候差异，感慨万千！

我们到达贵县，已是午后，早已饥肠辘辘，便匆匆到县城里吃午饭，找到一家小餐馆，点了 12 个包子和两碗鸡蛋汤。有意思的是每个包子里包了一节约一寸长的香肠，而盛汤的钵子，颇像一个书画家用的笔洗，这一切都令我们不习惯，但又觉得十分有趣。餐毕顺便浏览了一下市容。贵县不算大，但很繁荣，因为这里是郁江上的一个大港口之一，上下船的客货川流不息，码头上的搬运工人都是女性，身着千篇一律的黑色衣裤，头戴一顶大大的圆斗笠。马路上的行人大多仍着短衣短裤，脚蹬一双木屐，走在马路上就像演奏快板一般，发出有节奏的清脆悦耳声，成为这座县城的一道独特的风景线。



① 现已改为贵港市。

在县城东郊，我们找到了部队，第二天便开始工作，不到两天，便完成了任务。师财务科的一位会计向我们建议说：“贵县有一名胜，叫南山寺，山门外有一棵不老松，闻名遐迩，据说自秦朝就有此松，算来已有两千多年了，你们来此实属不易，何不前去观赏。”他的一席话，立即勾起我童年时在老家常常看到乡亲们过年时爱贴的一副对联：“寿似南山松不老，福如东海水长流。”这副对联本不难懂，但对联中的南山和不老松到底是泛指，还是具体指某一座山或某一棵松树呢？对我来说一直是个不解之谜。想不到竟能在此时此地揭开这个困惑我十多年的谜底。我的心突然振奋起来，便邀同来的同事一起去看看，好在南山离我们驻地并不远，我的同事也欣然同意了。

第二天吃过早餐，我们两人便动身奔南山而去。

南山寺的正门在山的南面，而我们驻地是在南山的北面，要走正门，需转很远的路，而直奔后山，最多只有 2 公里路程，况且农民的甘蔗已全部收割，路无遮拦，南山清晰可见。于是我们选择了走直路。我们沿着一条小道走去，大约走了 300 米，却没了路，只好沿着田埂走。突然，发现田埂上有数堆像牛粪一样黑乎乎的东西，走近一看，却是数条黑色的蛇，是毒蛇还是无毒蛇，我们不会辨认。它们发现不速之客的到来，也有几分惧怕，有的夺路而逃，也有大胆地吐着蛇信向我们示威，而我们两人也愣然止步，不由自主地面面相觑。我的同事显然被这一突如其来的不测吓住了，他要打退堂鼓，提出不去了。我想，因为遇到几条蛇而放弃千载难逢得良机，实在可惜，我便对同事展开说服工作，经过数分钟的攻心，他终于勉强同意了。为了壮胆，我们各自捡了一根甘蔗，便重新上路，不足两公里路，竟遇到了上百条蛇，犹如踏入了长蛇阵一般，好在我们手中有甘蔗，蛇看到我们便闻风而逃，我们也顺利到达了南山。

广西的山十分独特，一般都没有山坡，就像一个硕大的窝窝头扣在地上，这倒也好，节约了不少良田，还给人们增添了几分美感。

南山不算大，周长大约不超过 3 公里，整个山被绿树覆盖着，像盆景，很是典雅别致。

我们沿着西山边向南去找南山寺的正门。发现山边有很多山洞，大小不一，径深不过几米，颇像防空洞，但每个洞里都放了数量不等的瓦罐，多者十几个，少者五六个，高约八九十公分。我们两个出于好奇，决定看个究竟，便进洞打开瓦罐一看，我们不禁毛骨悚然，罐里竟是一架码放整齐的人骨，最上面是一个令人胆寒的骷髅头！我们又怕又窘地快步离开，可心脏还在像打鼓似的跳动着。

后来我们了解到，当地的葬俗是人死之后，首先在野外暂厝，假以时日，择吉日将其遗骨按人骨的上下次序装入罐中，脚骨在最下，依次向上码，头骨最上。这次探秘，虽受惊吓，但却了解了当地的葬俗，也算长了见识。

我们两人边说边走，不知不觉到了南山寺门口，我们首先想凭吊的是久仰的不老松，因为她是享誉天下的两千多岁的老寿星，想必她身躯伟岸，虬蟠苍古，可是在大门左右处往返寻找，却不见其身影。最后还是在南山寺正门处，见到一位操着当地口音的人，便上前询问：“同志，请问不老松在哪儿？”他顺手指向山门左侧山上约 20 米处一棵不足 1 米高的松树说：“那就是。”听他指点后，我们甚是疑惑，难道两千多岁的寿星竟是一棵矮松？为了确证，又问了一位同志，仍回答是那棵矮松。这与我们想象中的不老松实在相差甚远。

奇怪！怎么二千多年树龄的松树那么矮小呢？我试图解开这一谜团，我观察了不老松周围的自然环境和生态条件，我发现，不老松是生长在山岩上的，但山岩上有一条纵向的山缝，宽约四五厘米，山缝里被腐质土填满，不老松就生长在这条狭窄的山缝中，潮湿的山体植被不断渗入山缝充足的水分，这一客观的自然条件，使不老松既无法生长，也无法枯萎，就像盆景中的松树一样，永远也长不成参天大树。看来，名贵不在大小，这棵不足一米高的长者，竟名扬天下两千多年，并成为人们寄托长寿的象征，而南山竟也因此而扬名四方。

我们看完了不老松，又参观了大雄宝殿、八仙洞、飞来钟等名胜古迹，中午时分，带着不寻常的经历回到了驻地，第二天便走向新的征途。

2005 年 4 月
刊于《散文潮》

# 燃烧的晚霞

他一头丰满的青丝，飞扬的神采，硬朗的身板和熊熊燃烧的求索精神；他的谈锋甚健，记忆犹新，逻辑思维缜密，他就是戎马倥偬一生的新四军老战士——洪凯同志。当他报出今年已八十五岁高龄时，我不禁十分惊诧！简直不敢相信在腥风血雨中斗争了几十年的耄耋之人，竟如此身心康健，生命的强力在他身上如此有力地迸发出来！

洪凯同志1938年参加革命，人称“三八式”。“三八式”、老红军这两个闪光的称谓，常常会引起人们深情的追忆和肃然敬慕，因为在中国革命处在最艰苦、最危险的时刻，他们勇敢地肩负起了反帝国主义的侵略和解放旧中国的双重重任。他们在枪林弹雨中滚爬了几十年，用不朽的精神催生了一个新中国。

洪凯同志出生在河南省永城县农村，初中毕业后回家务农，虽然只干过四年的农活，但由于他的天赋聪颖，耕、耙、播、锄一点就通，还会木工活和酿酒，并且略懂《易经》，村里的红白喜事都要请他择吉驱凶，在村中是一个既有文化又心灵手巧的有名人物。

洪凯同志先后担任过指导员、骑兵大队长、团正副教导员、团正、副政委、川办政委、西藏军区干部部副部长、四川内江军分区政委等职，离休时为副军级。他离休后，仍不甘寂寞，刚辞别军旅，又持文业，舞文弄墨，成为他离休生活中的主要部分，而且行之有成。他写得一手好书法、尤其擅长小篆，风格严谨稳重，挺拔俊秀，曾多次参加过全军、全国书展，获得各种奖项，有的作品被选入精品集，还被聘为干休所书法协会顾问。国画画得也可以，客厅中挂了一幅自己创作的《钟馗捉鬼》，神情活灵活现，煞有画家吕琳先生之遗风。

读书看报，是洪凯同志生活中不可少的一部分，而且他是在用心读书报，带着爱好和任务读书报，凡遇到名言警句、故事典故、逸闻趣事，他都要摘录下来，目前已辑录了三百余条逸闻趣事，计划整理精选后付梓。

写诗，也是洪凯同志的一大爱好，他的日记都是用诗的形式写成的，可见他是一位多才多艺的军旅老战士，也是一位“壮心未与年俱老，求索耄耋仍执着”的老战士，真是可敬可佩啊！

洪凯同志为什么有如此惊人的健康身体和活力呢？他向我们介绍了他的经验。

人首先要有正确的人生观，要有一种客观、平和的心态，处事泰然，清心寡欲，无忧无虑；根据自己的身体状况，坚持力所能及地锻炼身体，他自编了一套适合自己的体操，自觉效果很好；著书写诗、写字画画、读书看报、下棋打牌与朋友交流，他的生活丰富多彩，这样既丰富了知识，又活跃了思维，锻炼了脑子，自然有益于身心健康；生活有规律，饮食有节制、讲科学，每天坚持喝一杯葡萄酒。

“你一点疾病都没有吗？”我以追根问底的口吻向他探问。“那也不是。几十年前，我骑马和部队过一座雪山，正值严冬，寒风似刀，凛冽刺骨，我的鼻子受强烈刺激，此后，每遇冷空气，鼻子便流涕不止，顽延至今。我现在特别注意，遇到湿冷天气，便闭门不出，免受其苦。另外坐久之后脖子痛，我便前后左右摇动脖子160次，效果很好。”洪凯同志虽85岁高龄，仅有鼻疾类小毛病，实属难得。

老战士的寥寥数语，实乃金箴玉言，言简意赅地总结了人的养生之道。

通过短暂的相处，我们了解了老战士动魄的人生经历，感人的英雄本色，闪光的人格魅力和他那多姿多彩的生活情趣，以及充满哲理的人生和健康之道。

2005年5月

刊于《蓉城锦秋》

# 兔年谈兔

时间像一只巨轮，不停地向前飞转，转瞬间，虎年满载着神州大地的胜利骄傲地离开了历史的今天。笑眯眯的兔年，满怀信心地走进了历史的新纪元。

迷信者认为，兔是弱肉，必为强食，去年是虎年，虎为强者，兔当受害，于是得出结论说兔年是不吉利的。此结论我不认同，其因有二：一是在食物链中，各自为了生存，弱肉强食，这是大自然的法则，以此保持生态平衡；二是作为年的一个代号，它只不过是一个计时单位，用动物纪年，纯系一种传统习惯，与不吉利之说法毫无关系。若从象征意义说，家兔形象可爱，毛色洁白，象征着纯洁朴实。

兔子遍布全世界，是最常见的一种动物。由于它适应能力强，繁殖率高，肉质鲜嫩，于是人们将其驯化为家畜。近年，我国为搞活经济，广拓资源，养兔业大为兴旺起来，这不仅增加了人民群众的收入，还改善了人民群众的生活。

兔子和人类结下了不解之缘。由于它典型的形象和特性，它成了童话和民间故事的广泛题材。在童话里，兔常常扮演着重要的角色。作家笔下的小兔子天真烂漫、活泼机灵、敏捷智慧、助人为乐，这些性格深受儿童的喜爱。关于月宫中的“玉兔捣药”的故事，不少人在孩提时代就在爱讲故事的奶奶那里听得入神，还常常被故事引入一种天真的遐想，甚至在月明的时候，认真地搜寻着月宫的每一个角落，企图找到玉兔。

尽管是徒劳的，但引人入胜的故事情节，总是牵动着儿童的好奇心。

中国纪年最早使用“干支”[1]，即十个“天干”和十二个“地支”相配，称为“甲子”纪年。六十年为一循环，周而复始。用十二种动物代替十二“地支”或并用纪年[2]。有人说十二生肖是西汉文学家东方朔所创，后来更有一些方家术士加以牵强附会地解释，而一些古代学者也以此为记述。如宋代洪巽在《肠谷漫录》里说：“子、寅、辰、午、申、戌俱阳（阳性地支），故取相属之奇数以为名；鼠、虎、龙、猴、狗皆五指，而马皆单蹄也；丑、卯、巳、未、酉、亥俱阴（阴性地支），故取相属之隅数以取名，牛、羊、兔、猪皆四爪，鸡两爪，蛇两舌。”明代人叶世杰在《草木子》中则说：“术家以十二生肖配十二辰，每月各有不足之形焉，如鼠无牙，牛无齿，虎无脾，兔无唇，龙无耳，蛇无足，马无胆，羊无瞳，猴无臂，犬无胃，猪无筋，人则无不足。”总之，以今天之科学概念，其中的某些说法是不确切的。

明代人郎瑛在《七修类稿》中提到“子为阴，极幽潜隐晦，以鼠配之。午为阳，极显明刚健，以马配之。丑阴也，俯而慈爱生焉，牛有舐犊，故以配之。寅为三阳，阳胜则暴，配以虎。申为三阴，阴胜则黠，配以猴。日生东面有西，酉之鸡。月生西而有东，卯之兔。此阴阳交感之义，故卯酉为日月之私门。辰巳阳起而动作，龙为盛，蛇次之，戌亥阴敛而潜寂，狗守夜，猪守静，故各以配焉。”

清人赵翼在《咳余丛考》中说：“十二生肖计年岁，起于后汉，此本起于地俗，至汉时呼韩邪牧塞，入居五原，与齐民相杂，遂流传入中国。”

以上诸说，未免带一些玄学的色彩，唯清人赵翼之说。略近情理。

我认为十二生肖或许是从印度传入中国，其因有三：

一是佛教经典《时轮经》里有十二生肖的记述。《大集经》中也有十二生肖轮流游行的故事。不过印度的十二生肖中的老虎为狮子，其他均



① 据记载在商周时代就已使用。

② 也称十二生肖，最早见于汉代，如东汉学者王充在《论衡·物势篇》里曾提到辰为龙，巳为蛇等。

同。为什么传到中国狮子变成了老虎，我以为这或许是翻译上的错误，抑或是中国没有狮子的缘故；

二是在汉代以前已经使用干支纪年，但没有使用生肖的记载，这说明那时十二生肖还没有传到中国；

三是历来较为一致的说法是十二生肖起于汉代，而中国的佛教恰恰是自汉朝时传入的，这种时间上的吻合客观上提供了一种旁证。我们还知道，印度佛教文化对中国文化的影响是显而易见的。

十二生肖最早产生的原因，据人类学家的研究分析，大概与图腾崇拜有关。后来尚未掌握文化的劳动人民，为便于计数，引用了这些动物作为纪年，乃至于纪月纪日纪时，这或许是有道理的。

1987 年 12 月

刊于《拉萨晚报》

# 记著名画家董希文教授二三事

西藏，这块寥阔崇峻、苍茫雄浑而又神秘莫测的大地，和粗犷豪放的藏族人民，吸引着无数画家。

中央美院教授著名画家董希文先生就带着画家特有的激情和对翻身农奴的深切情感，万里迢迢地来西藏体验生活、写生、创作，并选择尼木县作为主要目的地。

尼木县是拉萨市所属一个大县，具有悠久的历史和别具一格的人文景观，全西藏最有名的白青稞就产自这里。优美的风景，美丽的传说，勤劳纯朴的人民，使董教授赞叹不已，并在尼木如饥似渴地画了 30 多天才依依不舍地离去。我与董教授相处 30 多天的时间，他高尚的人格魅力和忘我的事业精神给我留下了难以磨灭的印象。

当时我在尼木县工作，由于农村生活艰苦单调，我又不甘寂寞，便抽空自学画画。董教授来我县画画，县里理所当然让我去给董教授做帮手，协助他遴选模特，做简单翻译和帮助其他事务，我也甚乐为之。

时值我县召开四级干部会议，我便带董教授在代表住处选模特，面对来自农牧区的代表，董教授脸上浮现出几分难抑的惊喜，他选了几位并约定时间之后。先带了一位他最满意的模特叫旺堆，时年 58 岁，风吹日晒让他看上去比实际年龄苍老许多，与我们一同回到县政府驻地。董教授的临时“画室”就安排在县政府一层的走廊里。他和模特坐定后，似乎仍然陶醉在兴奋之中，便给我讲了模特形象的特点：“这位模特太典型太生动了！你看他的形象简直就像是一首悲壮的诗——他那古铜色的脸上刻满了过去的辛酸历史和悲愤，他的眼神中似乎充满着对过去强烈的愤懑和无声的控诉，又似乎憧憬着未来，满脸的皱纹和突出的面块，镌刻着他深重的沧桑经历！蓬乱的花白头发和自然不整的胡须，都加强了他内在复杂情感的表现力。加上他身上那件深紫色氆氇藏衫和那厚重的老羊皮藏袍，使他整个人显得特别深沉凝重。”

董教授在下笔之前，若有所思地端详着模特，静默了数分钟之后，才胸有成竹地下笔。董教授用酣畅的笔触，豪放的大色块和凝重的色彩突出对典型人物的表现力，具有强烈的征服力量！在他大笔挥就的不仅是壮丽的画作，也是一首波澜壮阔的立体抒情诗！我那时并不懂绘画，听了他的讲解之后，才知道绘画竟如此深奥和美妙，深受裨益。

董教授的人物写生，时长不定，写生创作融为一体时要时更长些。我们请的模特中有一位牧女，董教授让她做出一个捻线的动作，然后略加背景，便成了《捻线藏女》。这幅画董教授画了近两天，其间无疑要请模特吃饭，由于长久的生活习惯牧民们较少在意个人卫生，讲究点的牧民吃饭时用糌粑搓搓手，也算是清洁了，而他们吃饭菜时也较少用筷子。当时县里对董教授也没有特别招待，就在县府食堂吃大锅饭菜，我帮他们打一盘菜两碗饭，牧女就用手抓饭抓菜，董教授也与其同盘而食，十分泰然，我看后暗暗敬佩董教授不畏艰苦、不计粗菜淡饭和欠佳的卫生条件，这些都说明了董教授的高尚人格和敬业精神。

董教授在尼木县所画30余幅油画作品，大部分为人物写生，也有部分作品为写生创作于一体，他事先打好腹稿，然后画人物动态，最后加上背景或道具，便成一幅完整的创作，如《小白猪》。他先找了一位十四五岁的藏族小姑娘，画出她的动态，然后加了两只乖伶可爱的小白猪和简单热烈的背景。天真烂漫的少女爱抚地喂着两只活泼的小猪。董教授通过画面体现了农牧民们获得新生后过上了祥和安乐的新生活。而少女穿得鲜艳的大红色上衣，配上两只雪白的小猪，这种强烈的色彩对比，把人带入一种火辣辣的现实生活当中，令人感慨视觉艺术的冲击力，这种构思真是巧妙至极，再加上简单却厚重热烈的背景，使得这幅构图并不复杂的画面，竟有了无限意境，给人以无限遐想的空间和回味的余地。类似方法创作的还有几幅，如《幸福的歌儿唱不完》《丰收》。不过《丰收》一画，显然是董教授回到北京后做了修改。我记得当时的构图是人物在画面中相对突出，毛驴驮队是S形的。改后的构图将毛驴驮队采取了直线形并将人物缩小，加大了成熟待收的金色青稞地背景。很显然，董教授在更改的画作中更加强调了丰收。因为一望无垠的金灿灿的青稞地和逶迤势盛的满载着青稞毛驴驮队，以及面带几分喜悦和满足感的主人公，都极大地突出了《丰收》的意境。不难看出，董教授对西藏这幅画作倾注了极大的热情！每年的八九月份，是尼木的丰收季节，巧合的是董教授在尼木30多天紧张地工作，才获得了如《丰收》画一样的丰收。

董教授作画，有种坚韧不拔的忘我精神，常常置疲劳甚至是危险而不顾，他给我讲了这样一个故事。1955年，他在四川毛儿盖写生时，一只硕大的狗，气势汹汹地想要攻击他，他急忙用石块还击，于是陷入了一场人狗大战，经过一番惊心动魄的战斗，虽然灭了狗的威风，可“敌人”显然没有彻底认输，站在30米开外还在不停地狂吠着示威。董教授又不肯舍弃自己中意的选景，于是他便找出随身携带的一条小绳，找了一块合适的石头拴在绳子的一端，狗若企图靠近，他就抡几下石头，狗退下他就作画，如此反复多次，最终完成了画作，这成了他作画史上一段难忘的插曲。我听完他这段真实的故事之后，十分慨叹董教授的敬业精神！

最使我终生难忘的是董教授对我说的几句名言。

我原来画过几幅素描，拿去请教董教授我能否走绘画之路？董教授看过素描后，并未直接对素描作出评论，而是用极其肯定的语言对我说：“你能不能走绘画之路，并不在于你这几幅素描，而是在于你对绘画有没有兴趣，有没有决心，有没有毅力。只要具备了这3条，三五年后就可搞创作。”董教授入木三分的精辟教诲，深深地铭刻在我脑海中。我想这三句话，不仅仅是对绘画而言，对任何事业，何尝不是至理名言呢！后来，因种种原因，我虽然没能将绘画坚持下来，但对书法和写作，却迄今笔耕不辍，且小有成就，这不能不归功于董教授的教诲。

1974 年，我听著名壁画家李化吉教授说董教授于 1973 年元月辞世，走时享年不足 59 岁，而且走得非常凄惨。我听后十分难过，一代油画巨匠，那么年轻就离开了人世，离开了他一生钟爱的绘画事业，实在令人痛惜！我写这篇短文，一是想介绍董教授一些不为人知的做人作画的品格；二是纪念这位颇具成就的绘画大师！

2008 年 5 月

# 西藏高原上一朵独芳之花

## ——冯启双先生《西藏歇后语》读后感

歇后语、谚语、成语、格言等都是民间非常流行的一种语言表达形式。人们在向语言交流对象表达自己的叙述内容和意思时，为提高语言的生动性、幽默性，而创造。这些丰富多彩、妙趣横生的语言表达形式，大大地丰富了语言的内涵，提高了语言的感染力。

其中歇后语，由两部分组成，前部分为隐喻，后部分才点出本意。在一定语言环境中，往往歇去后半部分，以造成一种联想空间和幽默风趣的氛围，常常采用夸张变形的意象，如：

脱了裤子放屁——找麻烦

瘸子的屁股——斜门

擀面杖吹火——一窍不通

大肚子走钢丝——铤（挺）而走险

一些常用的歇后语，即使只说出前半部分，对方也会心领神会。

歇后语在日常交流中被大量使用，渐而被引入文学创作之中，如小说、戏剧、小品、相声等，特别是以农村题材的文艺作品更为常见，如赵树理、贾平凹等著名作家的小说，就不乏许多诙谐有趣的歇后语。它在文艺作品中出现，有时起到画龙点睛之妙。

在四川，不论城乡，有的人开口便是歇后语，在一些川剧里，如《抓壮丁》《凌汤元》《乡老坎客栈》等，剧情本就趣味十足，再加上生动、幽默的歇后语对白，使喜剧元素更为浓烈，往往让观众笑得前仰后翻，喜泪横飞。

在西藏，谚语和格言则更流行，并有多种版本的格言面世，如《萨迦格言》《格丹格言》《水树格言》等。格言多在知识阶层中流传，而谚语则在民间中广泛使用，正如李佳俊生先和才旦多吉先生在该书序言中所云："酥油茶不放盐巴不好喝，说话没有谚语不好听。与藏族老人交谈，接二连三地谚语就像一串串闪光的珍珠。"

冯启双先生可算是一位歇后语能手，与他交谈，歇后语常常像连珠炮一样连连而出，这不仅仅因为他是四川人，在歇后语丰腴的土壤中长大，还因为他对歇后语独具的灵感和钟爱。他已经不是一位单纯的歇后语传播者，而是一位歇后语的创造者。用他那睿智的头脑，对社会、自然、物象和人际关系的敏锐观察和潜在灵性，加上他勤奋好学的精神，他仿佛成了一座生产歇后语的工厂，产品源源不断地从线上流出，流向无形的语言市场，给歇后语爱好者带来了精神食粮，也为普通民众日常交流带来了幽默和乐趣。

早在20世纪80年代，他就在拉萨市创办的文学刊物《拉萨河》上发表了72条带有"酥油味"的新编歇后语，一时为人们所乐道。但他仍然执着地耕耘，凭着他在西藏工作和生活了30余年的经历，对西藏的风土、习俗和物象的细致观察，陆续编创了"西藏歇后语"六七千条。在朋友们的鼓励下，他反复推敲精选了大约3000多条，编撰成一书。这在西藏，是一种大胆的独创，势必为西藏的语言文化增色添彩。

世界上任何一个民族，在文化发展上，都离不开相互借鉴，相互融合，来丰富自己的文化内涵。比如在中国，自汉唐始，陆续吸收了大量优秀的文化，影响了诸如哲学、文学、艺术乃至生活诸方面。在中国各民族之间，也明显地存在着交融互摄的文化关系。随着社会的发展，各行各业的进步，各民族之间在文化上的相互融合将会更趋广泛、深入。冯启双先生所编撰的《西藏歇后语》，就是在这一大背景下产生的，是历史文化发展的必然。

冯启双先生凭着他敏锐的视觉抓住了这一机遇。

冯启双先生所编《西藏歇后语》的特点有三。一是根据汉语歇后语的格式，摄取藏族的民风、民俗、地理地貌、物象等民族特色，使两种语言交汇，形成一种具有时代气息和审美价值的歇后语，如：

阿爸坐月子——产假

阿古顿巴出点子——高招

巴杂照镜子——个人观点

邦典上绣花——别具一格

光屁股系邦典——顾前不顾后

珠峰顶上扔石头——一落千丈

珠峰顶上穿裙子——美丽动（冻）人

莫拉吃黄连——苦口婆心

牛皮店里开风扇——净吹牛皮

二是冯先生的歇后语大致分为四类：第一，谐音类。如：珠峰顶上穿裙子——美丽动（冻）人；第二，喻事类。如：珠峰顶上扔石头——一落千丈；第三，喻物类。如：邦典上绣花——别具一格；第四，故事类。如：阿古顿巴出点子——高招。

三是冯先生的歇后语具有鲜明民族和地域特色，浓郁的生活气息，夸张幽默的意象。

冯先生《西藏歇后语》的出版发行，无疑丰富了西藏的歇后语，为藏族文化传播将作出有益的贡献。当然，它还必须接受社会生活检验和人们的认同，在优胜劣汰的法则中得到充实和发展，只有如此，才是具有生命力的，我衷心地祝愿冯先生获得成功！

2008 年 3 月于蓉城

# 是金子，就会发光

——为冀文正先生的丛书所作序言

“人的一生应当这样度过：当回忆往事的时候，他不至于因为虚度年华而痛悔，也不至于因为过去的碌碌无为而羞愧。”

——奥斯特洛夫斯基

奥斯特洛夫斯基的这一名言，曾经影响和激励过无数的年轻人，但真正能够将其践诸于一生不渝的人，却为数甚少，可冀文正先生一生笃行，孜孜不倦于所追求的理想和事业。并取得硕果累累，这真是令人十分敬佩！

冀文正先生十五岁离家从戎，成为一名光荣的解放军战士，不久编入十八军并参加了名垂千秋的“淮海战役”。一位弱冠少年，便投入了血与火的洗礼，解放南京，转战大西南，继承胜勇，进军西藏。他的这段非凡经历锻造了他不畏艰苦、不屈不挠的坚强性格。他不仅是一位合格的战士，还是个有志的少年。钟情摄影，在军务繁忙中，勤览书报和摄影佳作，以提高自己的文化和知识水平。值得一提的是他参军以后，一直坚持日记，几十年如一日，从不懈怠。这一良好的习惯，对他后来撰写文章、摄影创作、著书立说，创造了不可或缺的条件。

冀文正先生所在部队边进军、边修路和建机场，后在波密屯驻休整。1954 年 7 月奉调西藏最偏僻、最险要、最闭塞的边陲县——墨脱。这里地处世界第一大峡谷地带，崇山峻岭，深谷大川，形势险要，风光绮丽，其独特地貌，造成了它道路艰险，交通闭塞，与世隔绝。这人迹罕至的地方，却成了冀先生如鱼得水的风水宝地，从此，他向着人生道路的制高点不断攀登前进！终于到达他理想的王国。

墨脱，在这块处处是深谷狭坳中，散居着珞巴族、门巴族等古老的少数民族。这里的地理地貌、人文景观、历史渊源等都使冀文正先生这位从河南平原一下来到这块风情别具的神秘大地而感到新奇，在视角上、心理上受到一种强烈的冲击！使他对这里的山水草木、风土人情等，产生了深埋心底的情感，并像火山岩浆一般，在心底酝酿、萌动，最终迸发出一股炽热的能量——为珞巴族、门巴族引人入胜的独特文化做一番事业！

冀先生将自己融入珞巴族、门巴族群众当中，群众也把他视为自己的一员，在亲密无间的接触中，他很快掌握了当地的语言，这使他与群众进一步沟通打开了大门，他被这些新奇、闪光、丰富多彩的文化矿藏所吸引，一种挖掘、整理、推全社会责任感油然而生——把这些文化富矿开发出来，献给社会、献给关心他们的人们。于是开始了艰苦的采风长征，一干竟是16年，搜集原始资料达500余万字，通过整理、校勘，成书22本。自20世纪末期，陆续出版了6本，125万字，今年即将出版的9本，约220万字，还有7本拟于2010年出版。丛书内容涵盖了珞巴族、门巴族两个少数民族的历史渊源、人文景观、社会风情、民间故事、歌谣、谚语，以及自然风貌等。内容丰富、资料翔实，可以说是珞巴族、门巴族两个少数民族的百科全书。

还有一点冀先生在墨脱工作的16年当中除了完成工作任务以及上述大量文字资料的收集整理外，还拍摄了大量图片，其中不乏优秀的艺术作品，如《弯弯的藤索桥》，1957年被《中国摄影》杂志选登。除艺术作品外，还拍摄了大量珍贵的历史图片，也已成为某些展览、报章杂志、图书资料的选材。

冀先生一生所做的贡献，特别是在珞巴族、门巴族两个少数民族历史、文化、艺术和民俗学等方面所做的贡献是巨大的，因为他不仅为抢救少数民族文化作出了贡献，还向广大读者推介了两个少数民族的方方面面，拉近了广大读者与他们的距离，使两个民族的民俗文化从一个狭小的空间，推向了一个更为广阔的世界。给社会、给民族学家、民俗学家、民间文学研究者提供了可贵的丰富资料。冀先生的这套丛书全部面世后，无疑对社会、对读者和他本人，都是一件幸事，为此，谨向他表示祝贺！

2009年3月

于蓉城

# 我印象最为深刻的两本书

应《蓉城金秋》杂志特约，要我写一篇专稿，我欣然从命，于是便写了下面这篇特写。

——题记

我一生爱书，因为书给了我涵养和力量并使我成熟。

我的一生，大部分业余时间是在书海中漫游，也算读了不少书，既有鸿篇巨制，也有袖珍小札，有政史哲，也有艺文志；还有天文、地理、野史、杂说等。有许多书给我留下了深刻印象，其中印象最为深刻的一本是《鲁迅文集》，一本是《莎士比亚戏剧集》。

鲁迅先生的文章，一是体裁多样，内容深广，有小说、诗歌、散文、杂文、评论、书札等。不论什么体裁，大部分文章都充满伟大的爱国情怀。如他在早期作品《随感录》中所云："那时候不知道因为境遇和时势或年龄的关系呢，还是别的原因，总最愿听世上爱国者的声音……"他在21岁时就曾意气风发地写下壮丽的爱国诗篇："灵台无计逃神矢，风雨如磐暗故园。寄意寒星荃不察，我以我血荐轩辕。"在他一生的活动中都体现了这种伟大的爱国主义精神。

二是具有坚定勇敢的革命精神。鲁迅先生早在1918年就发表了震烁文坛的短篇小说《狂人日记》，吹响了反对宗法制度和旧礼教的号角，之后发表的许多小说和杂文中同样对束缚中国四千多年的封建礼教制度进行有力的痛贬，面对那些封建卫士、军阀、国民党反动派、帝国主义和形形色色的文痞之流，射出一支支利箭，将其丑恶嘴脸现形于阳光之下。面对顽敌的利诱威胁，他不屈不挠地进行斗争，从他："横眉冷对千夫指，俯首甘为孺子牛。"的诗句中就可见这种坚毅的精神。对此，毛主席曾在《新民主主义论》中作出了极高的评价："鲁迅是中国文化革命的主将，他不但是伟大的文学家，而且是伟大的思想家和伟大的革命家。鲁迅的骨头是最硬的，他没有丝毫的奴颜和媚骨，这是殖民地半殖民地人民最可宝贵的性格。鲁迅是在文化战线上，代表全民族的大多数，向着敌人冲锋陷阵的最正确、最勇敢、最坚决、最忠实、最热忱的空前的民族英雄。鲁迅的方向，就是中华民族新文化的方向。"

三是鲁迅先生的文字短小精悍，尖锐犀利。剖析人和事，一针见血，致敌于遍体鳞伤，使敌者痛，亲者快。所以有人评说鲁迅先生的文字是匕首，是投枪，此乃一语中的，精辟之至。鲁迅先生自己曾说："我力避行文的唠叨，只要觉得够将意思传给别人了，就宁可什么陪衬拖带也没有。"

四是鲁迅先生的文章具有深刻的民族性和社会性。他的整个思想体系，是植根于中华民族的根本利益，他本赴东瀛学医，想为疗治国人的虚弱身体，然则当他看到日军砍杀国人时，一些国人却漠然围观，于是他顿悟到国人首先应该治疗的是麻木的精神。于是，他弃医从文，立志回国后从教从文。他先后任教于绍兴府学堂、浙江两级师范、绍兴师范、北京大学女师大及厦门大学等。同时，鲁迅先生还坚持进行文学创作，深挖国家积贫积弱之根源，揭露和批判统治者之腐朽，以期激发民众，让民众觉醒，唤起民众进行解放斗争！他义无反顾地在这条为民族觉醒，为社会彻底变革而又筚路褴褛的道路上走了 28 年。由于长年呕心沥血，奔波劳累，于 1936 年病逝于上海寓所，年仅 56 岁，从此中国文学史上一颗巨星陨落了。鲁迅先生是中国新文化运动的一面旗帜，一位文学巨匠。他给中国人民留下了一笔宝贵的文化遗产。

五是鲁迅先生知识渊博，文章中广征博引如古今中外的名言和警句，传说和典故更是信手拈来，如同镶翠缀玉，文字显得格外生动有力，活力四射，使文章大为增色，也强化了意涵的力量。

我从50年代接触鲁迅先生的文章，一读而不可收，先后购进《鲁迅文集》十几卷，品读后获益匪浅。对于奠定正确的人生观，增强爱国主义思想，品格的历练，知识的积累，文字功夫的长进，文学修养的塑造等方面，得到了潜移默化的提升，使我终身受益。

第二本使我印象最为深刻的书是《莎士比亚戏剧集》。威廉．莎士比亚出生在16世纪中叶的英国，是一位伟大的剧作家、诗人，他一生留下了许多如《罗密欧与朱丽叶》《奥赛罗》《哈姆雷特》《威尼斯商人》《仲夏夜之梦》等脍炙人口的戏剧。

莎士比亚是一位善诗、懂画、晓音乐的多面手，他把这些天赋才能运用到戏剧创作中，使作品有着诗情、画意、音乐律动的综合美感。

他的剧作，都是用诗句写成的，剧情生动，内涵丰邃，类比意趣盎然，诗意浓厚，韵致婉丽。颂扬时至善至美，讽刺时刻骨辛辣，读来令人像喝果子露一样地痛快！我初读莎士比亚的作品时，令我心血沸腾，如痴如醉，我便在其中一卷的扉页上写下了如下的感言：

“如果你在花园里漫步
发现一朵最美的花
使你倾心爱慕
那么，莎士比亚的作品
胜过那朵最美的花
如果你在百鸟争鸣的早晨
有一支婉转动听的曲子
使你心醉神迷的话
那么，莎士比亚的戏剧

远胜过这动人的晨曲
如果在盛宴上有一种美酒
使你倾倒贪婪
那么，莎士比亚的诗剧
使你阅而酣醉
人间最美好的享受
莫过于欣赏莎士比亚的诗剧”

记得 20 世纪 60 年代上半期，我回鲁探亲返藏时，在兰州等车小住，巧遇《奥赛罗》上映，欣然去看了三遍。因剧中语言优美，我半仰坐在影院的座椅上，双眼微闭，聆听剧中动人至深的对话，忘却了自我，全身心都沉浸在一种醉心的快感之中。

以上两本书，对我来说，犹如美钻和宝玉，我都爱，都印象深刻，都难割舍，于是便写了对这两本书的深刻印象。

刊于《蓉城金秋》

# お法篇

梅韵京风

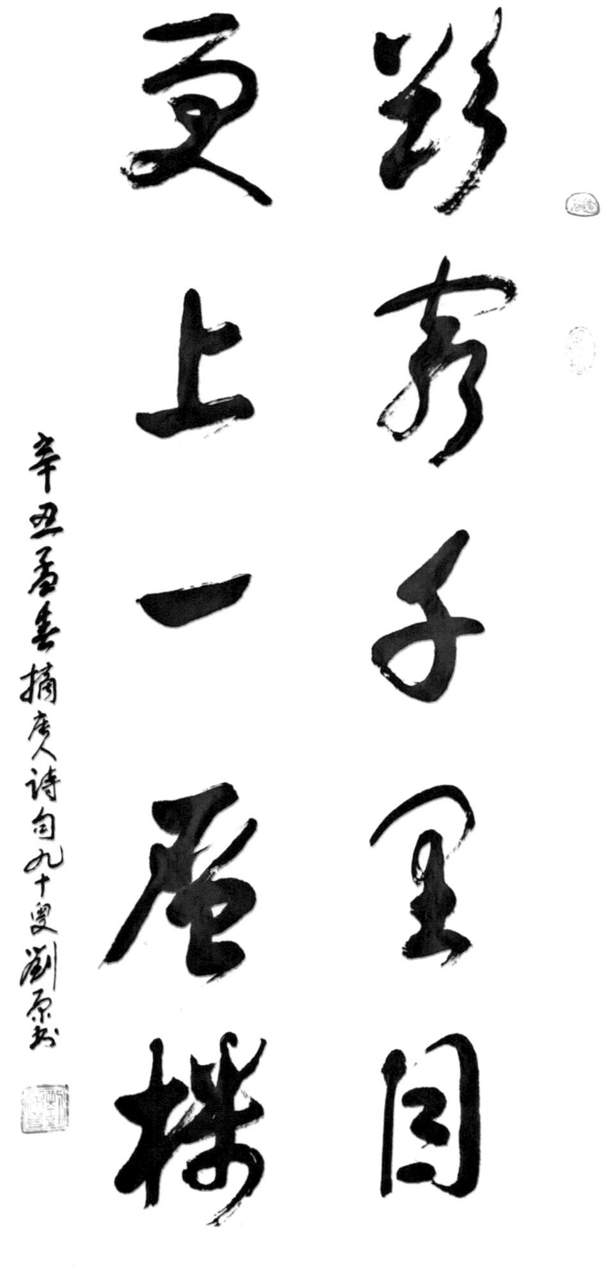
欲穷千里目
更上一层楼
辛丑孟春摘唐人诗句九十叟刘原书

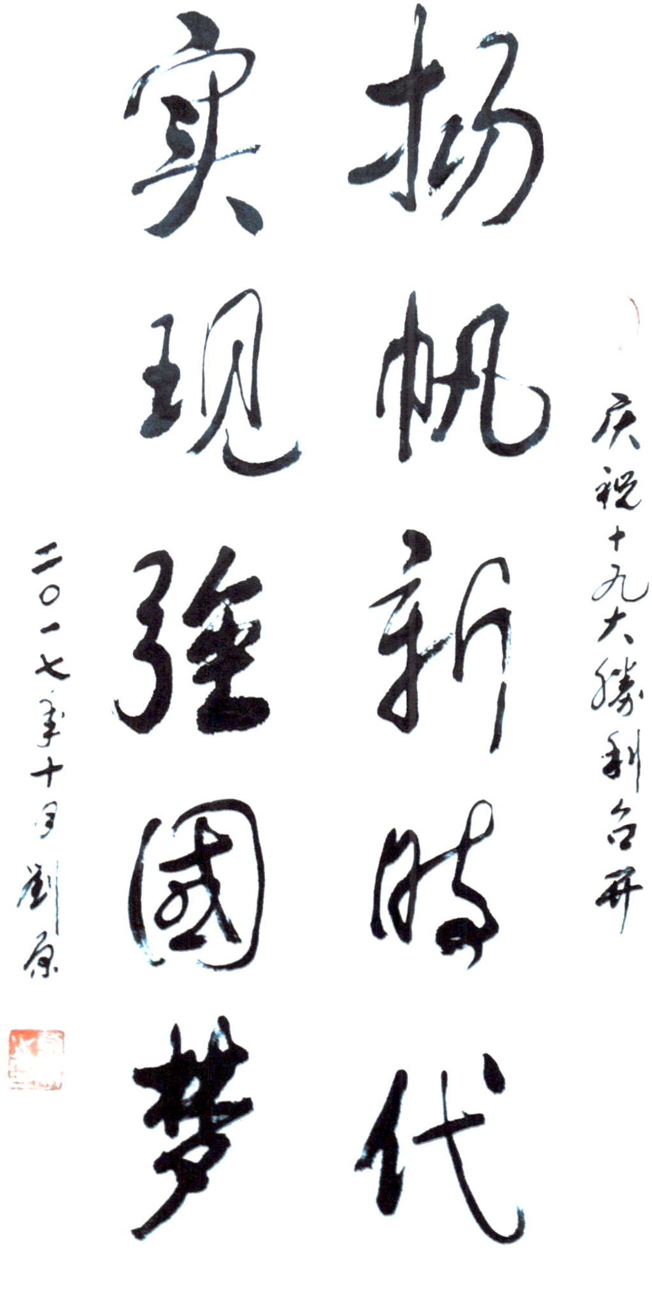
扬帆新时代
实现强国梦
庆祝十九大胜利召开
二〇一七年十月 刘原

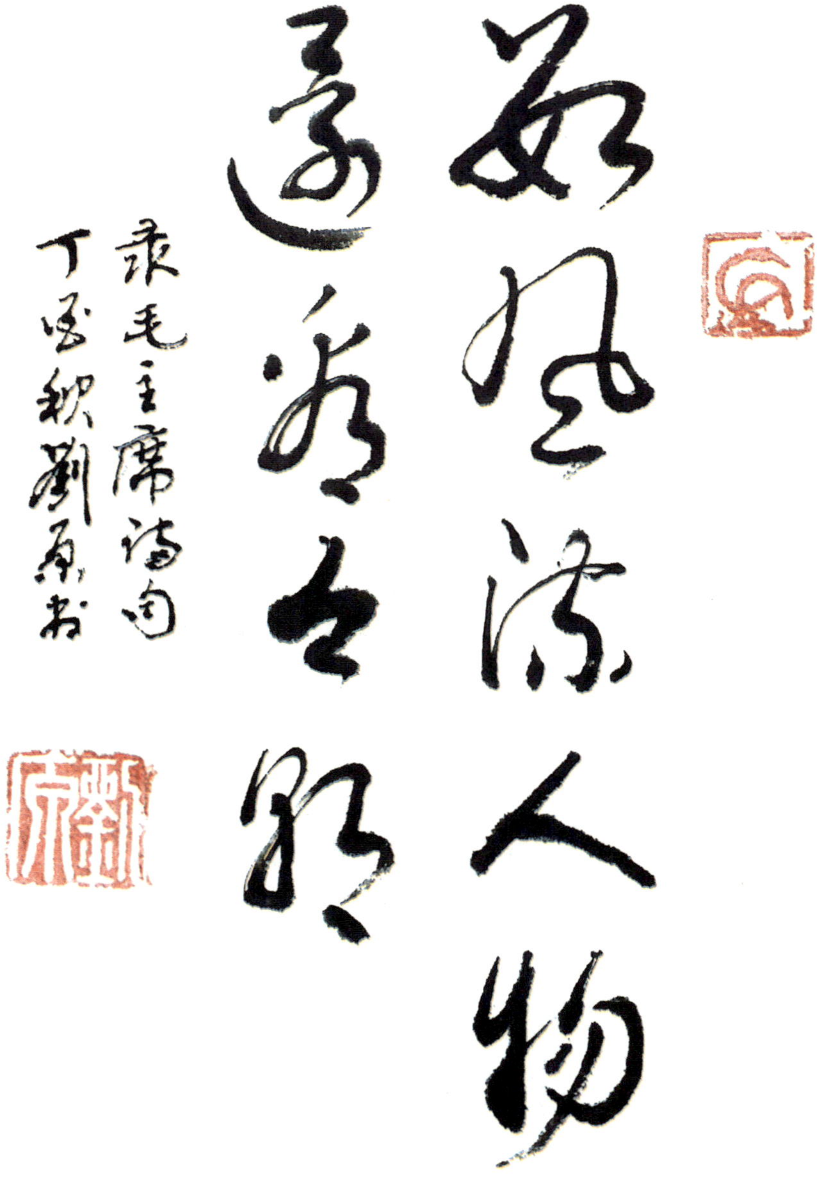
数风流人物
还看今朝
录毛主席诗句

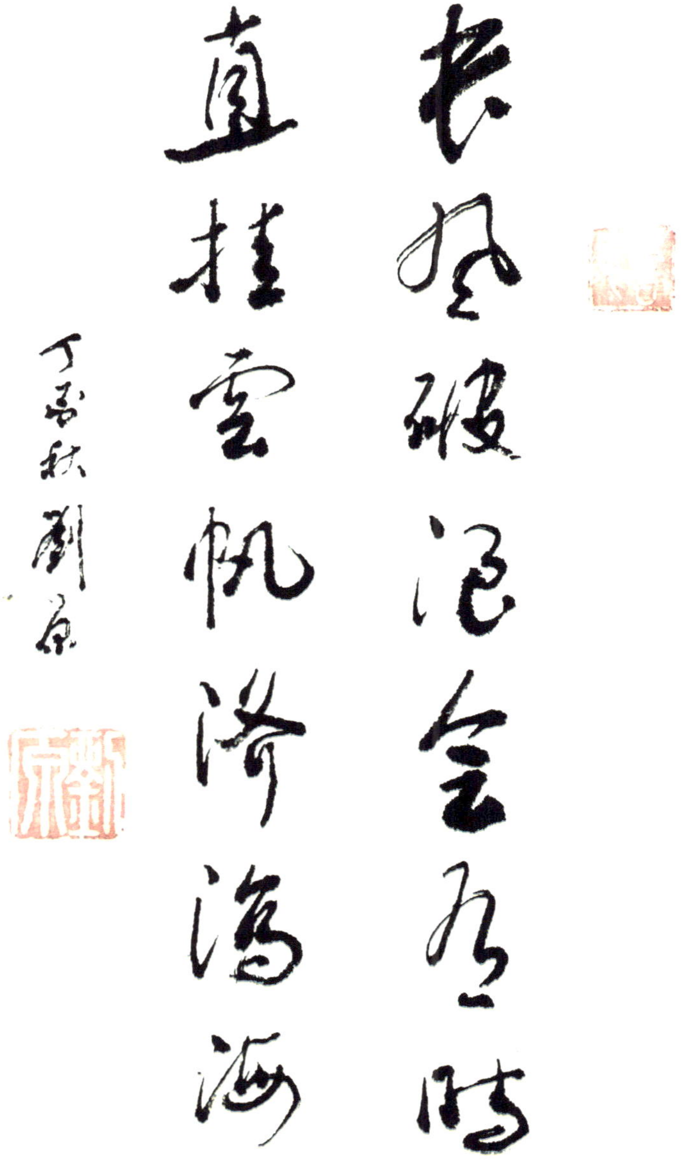
长风破浪会有时
直挂云帆济沧海

尚德
辛丑孟秋

梦绕边城月
心飞故国楼
李白诗句 丙申年

砥砺奋进
壮志必酬
岁次丁酉

志存
高远

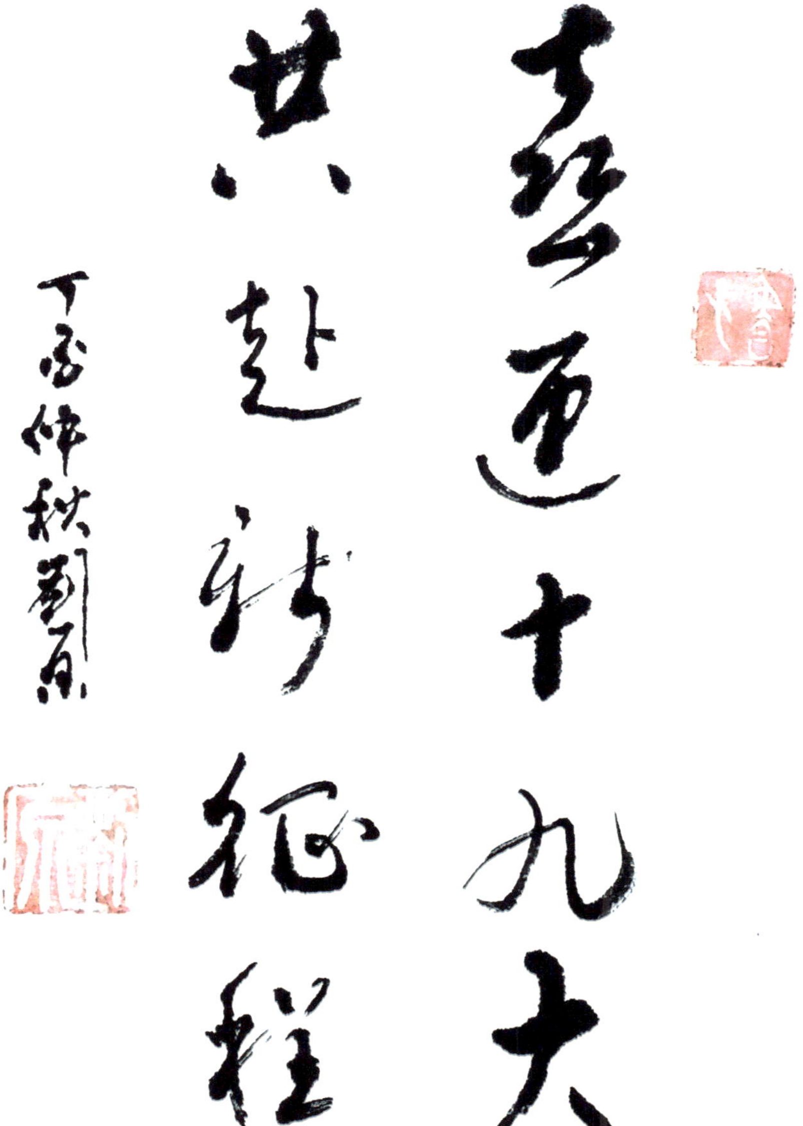
喜迎十九大
共赴新征程
丁酉仲秋

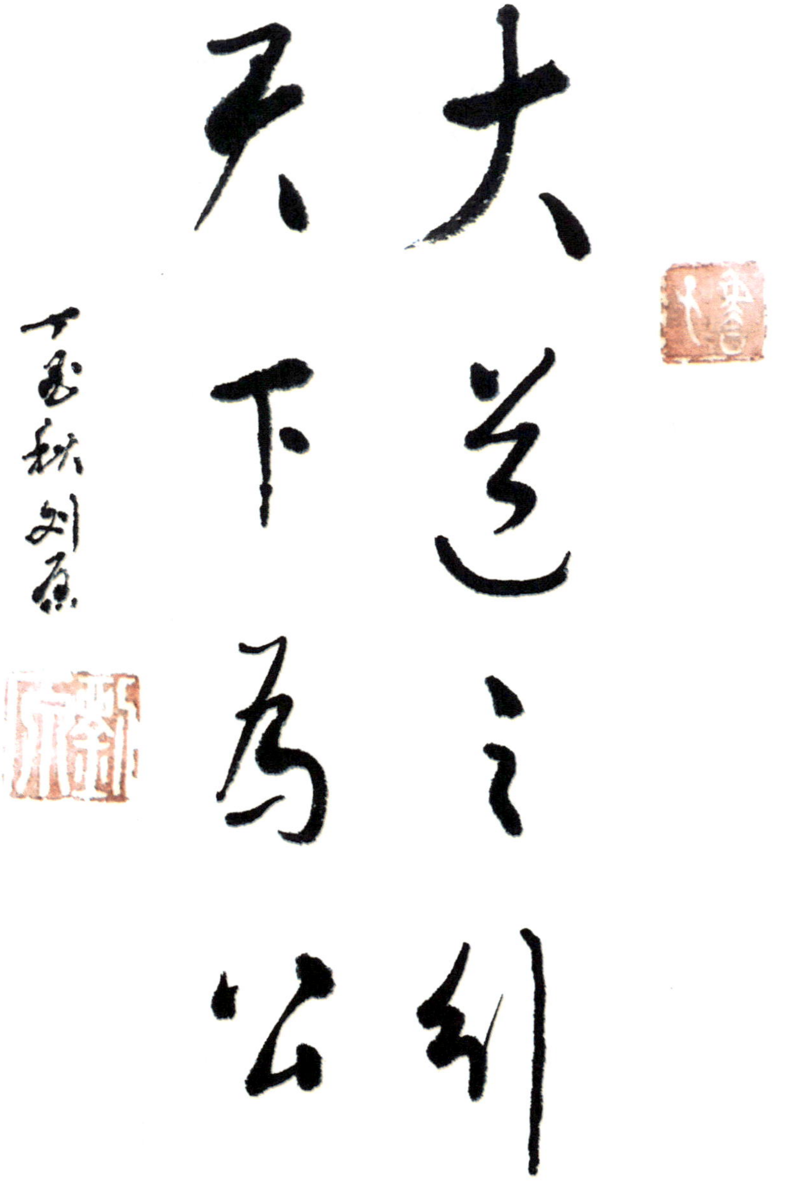
大道之行
天下为公

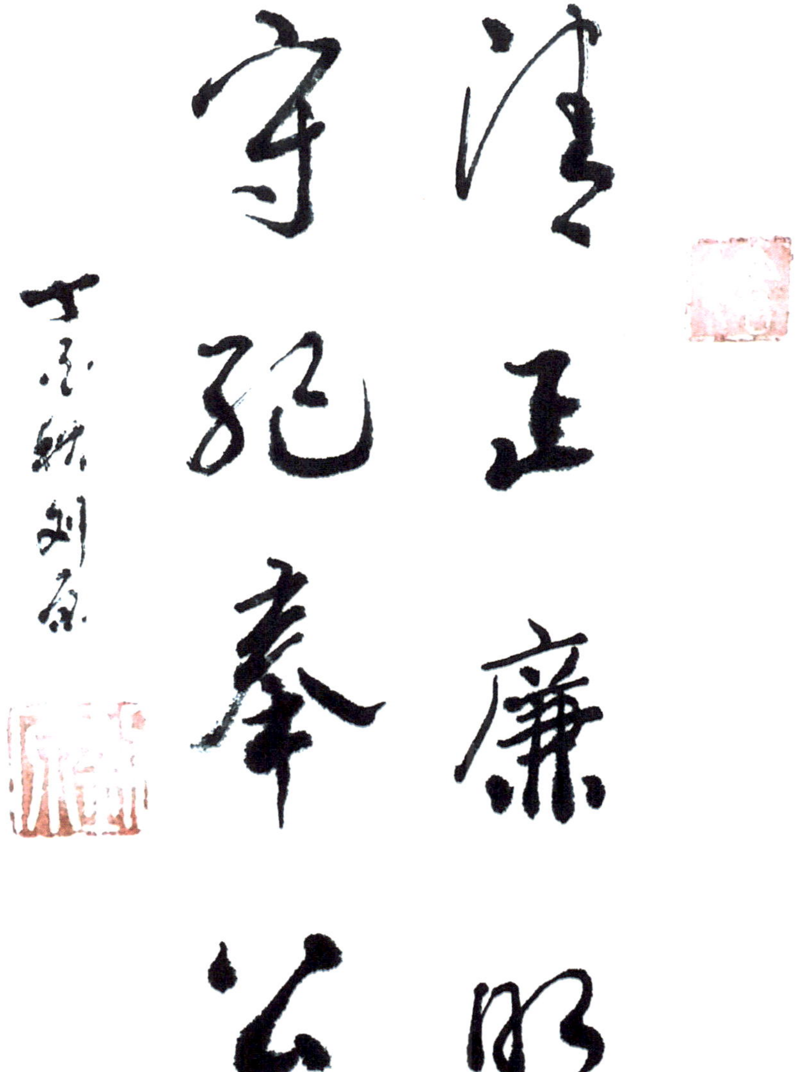
清正廉明
守纪奉公

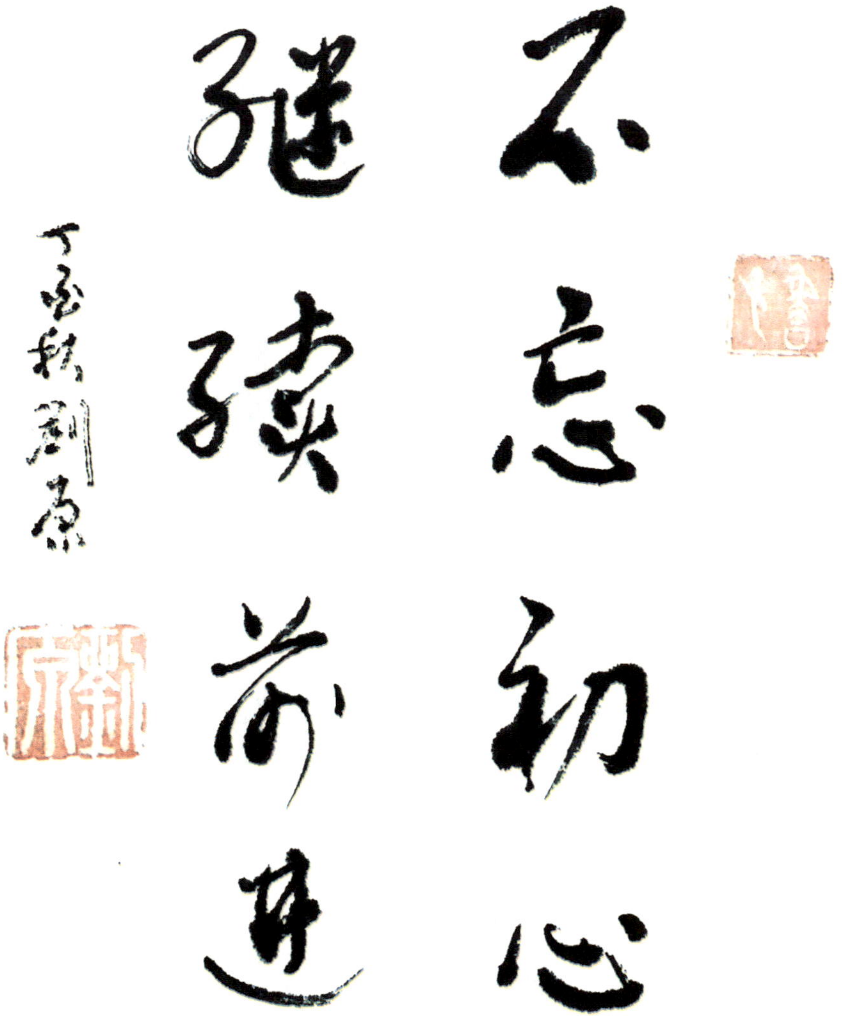
不忘初心
继续前进

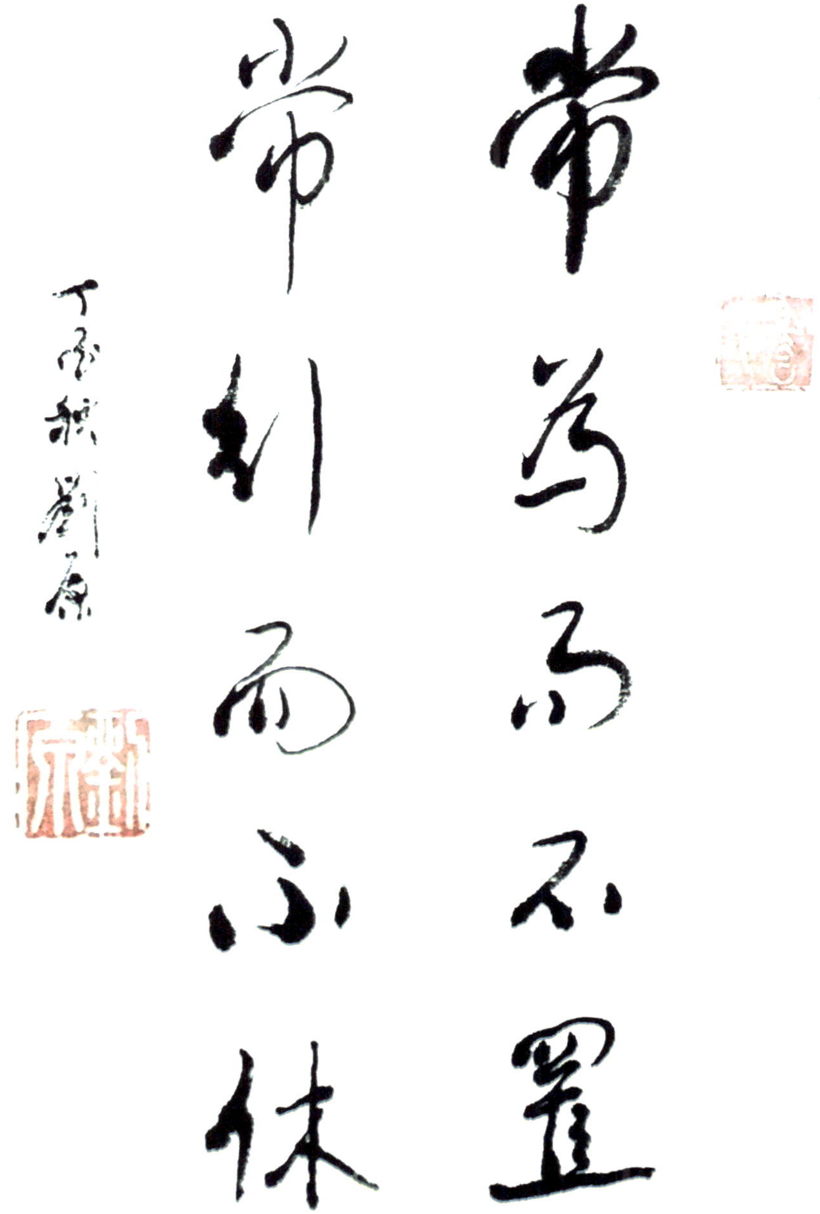
常为而不置
常行而不休

莫愁千里路
自有到来风

自強不息

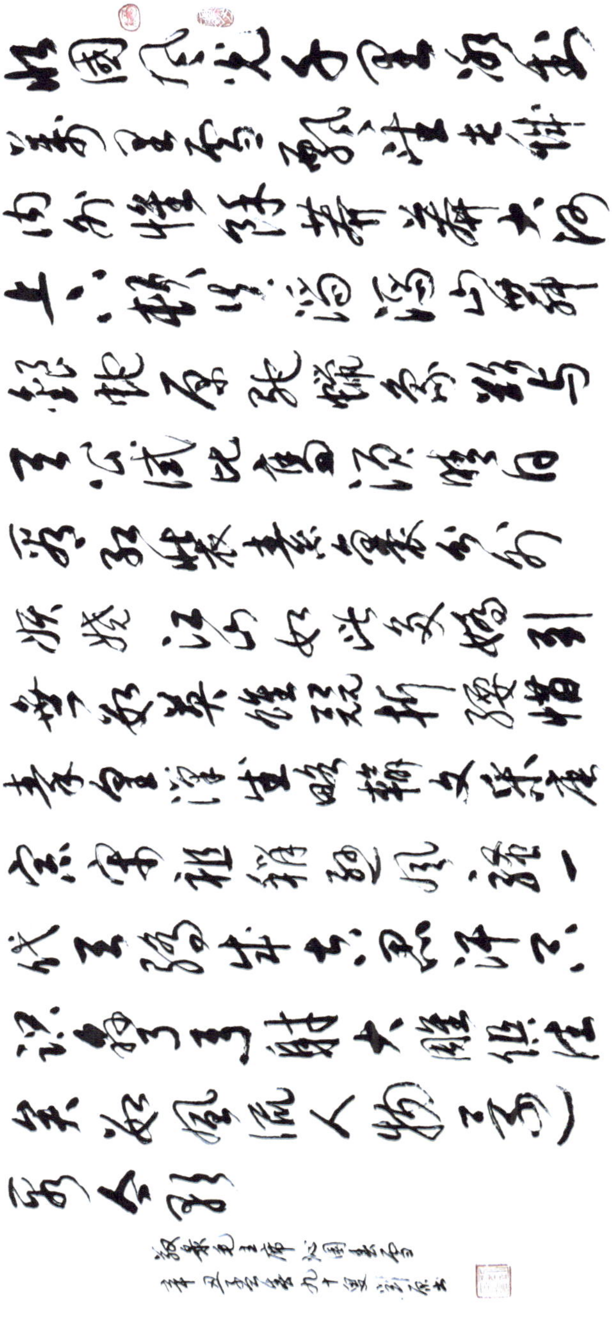

高山仰止
辛丑

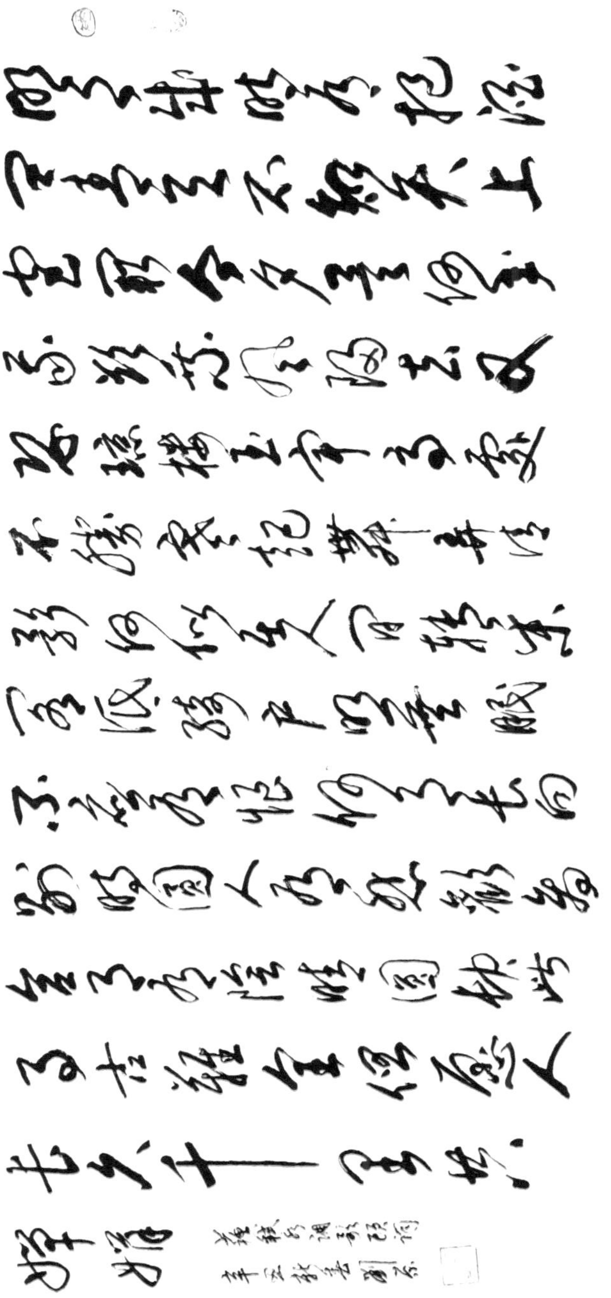

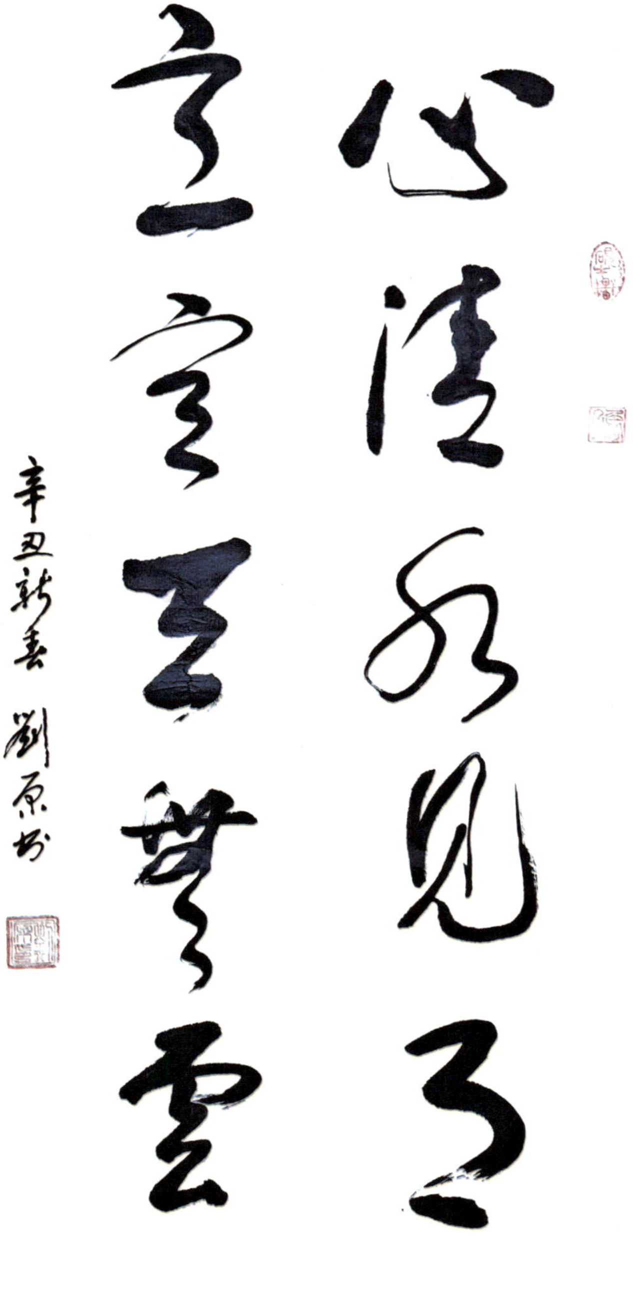
心清水见月
意定天无云
辛丑新春 刘原书

寧靜致遠

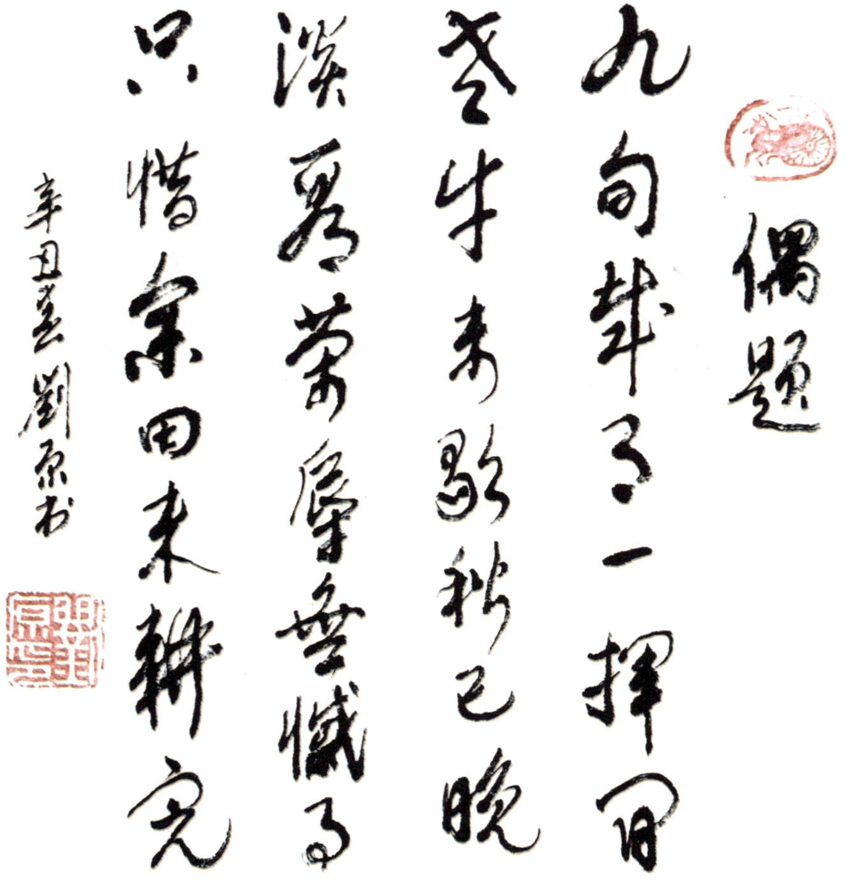
偶题
老牛未歇秋已晚
只惜桑田未耕完

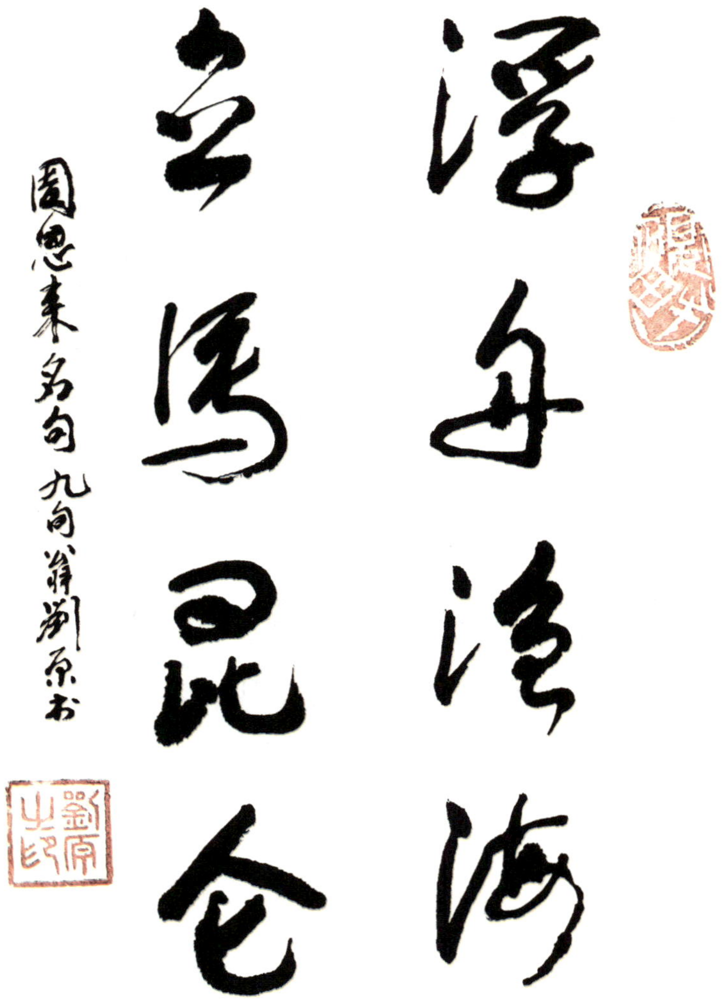
浮舟沧海
立马昆仑
周恩来名句 九旬翁刘原书

厚德
載物
辛丑秋九十叟

辛丑孟秋 九十翁刘原书

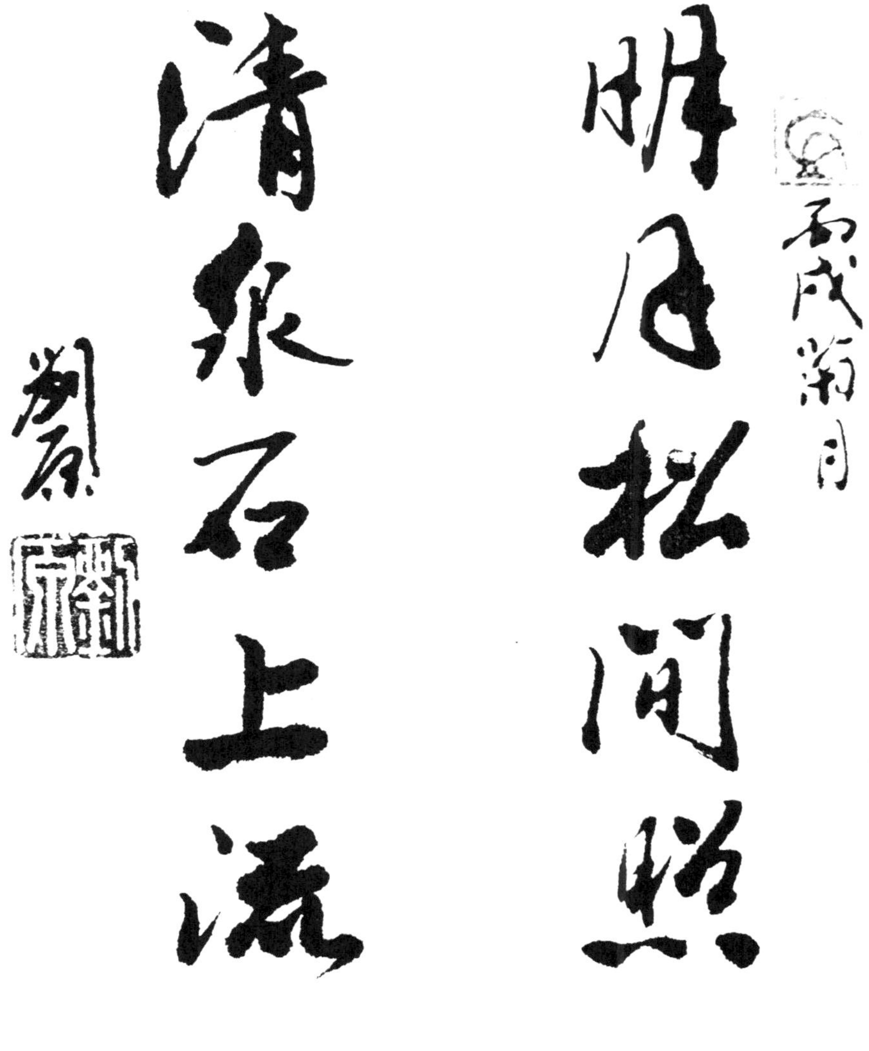
明月松间照
丙戌菊月
清泉石上流
刘京

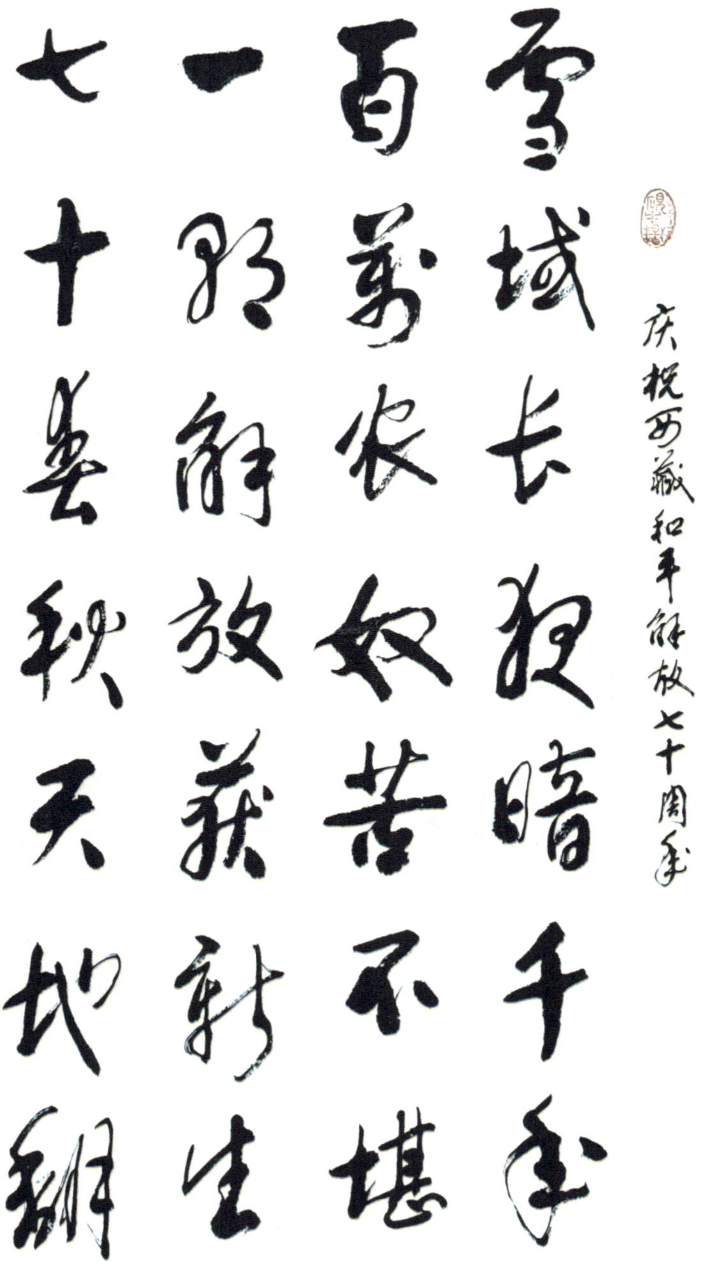
庆祝西藏和平解放七十周年
雪域长夜暗千年
百万农奴苦不堪
一朝解放获新生
七十春秋天地翻
岁次辛丑九十翁刘原书

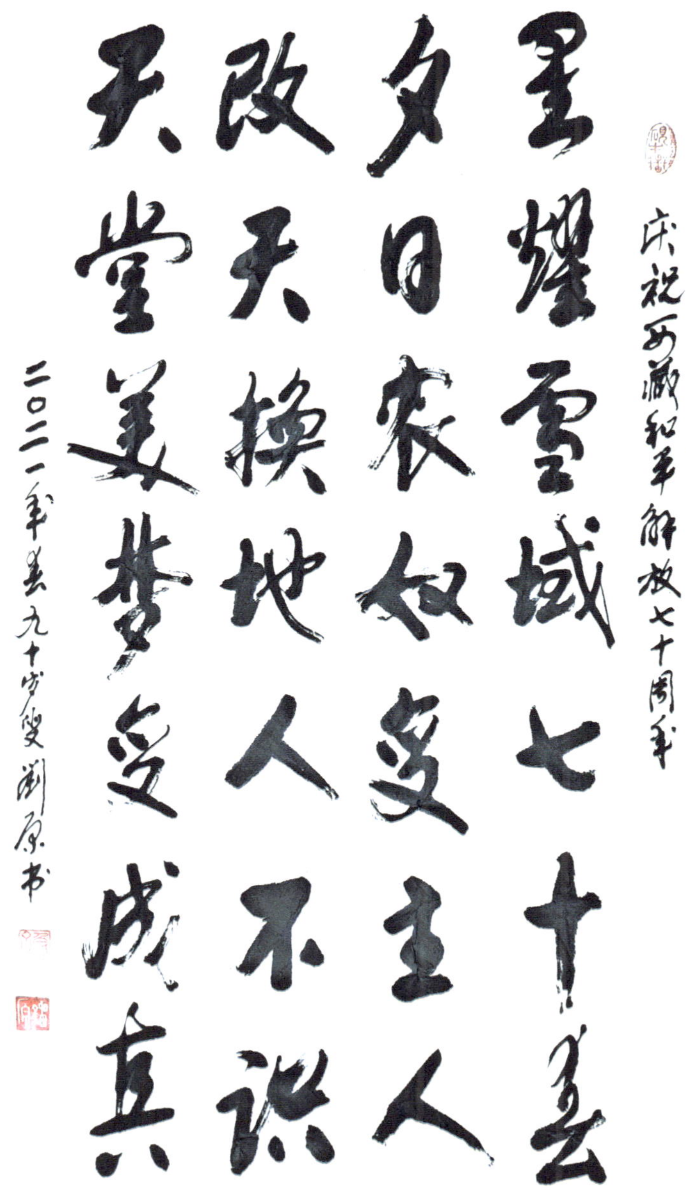
庆祝西藏和平解放七十周年
星耀雪域七十载
昔日农奴变主人
改天换地人不识
天堂美梦变成真
二〇二一年春 九十岁叟 刘原书

賀中共建党一百周年
星星之火
百年流光
岁次辛丑冬九十叟劉原书

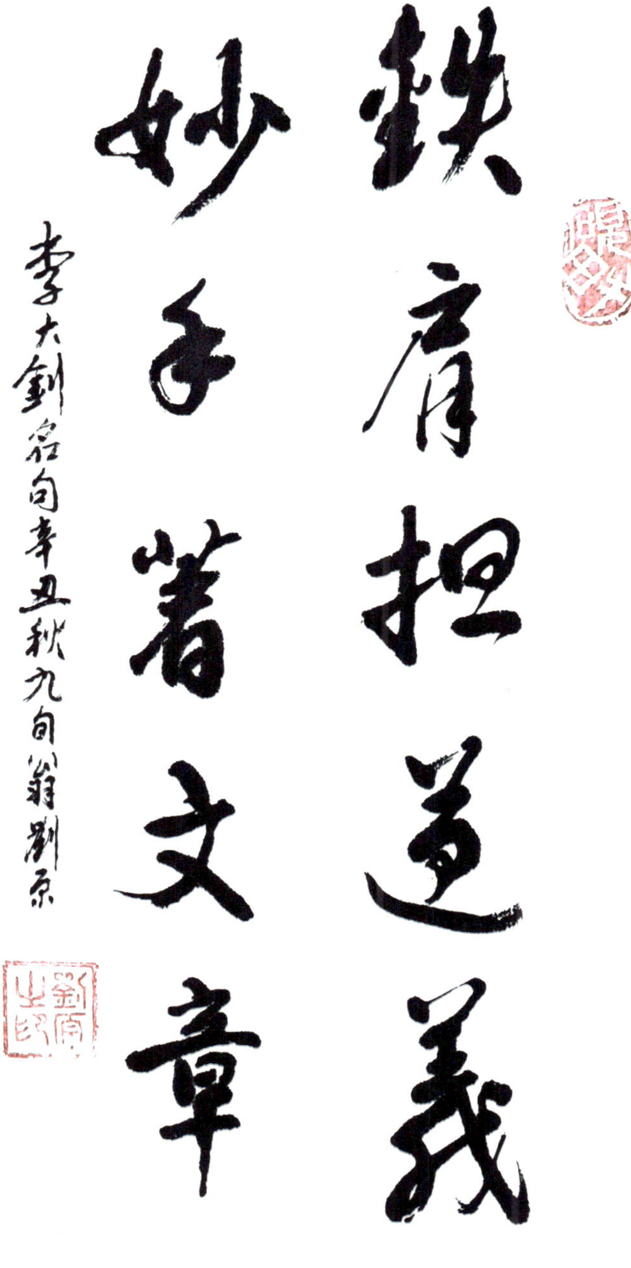
铁肩担道義
妙手著文章
李大釗名句辛丑秋九旬翁劉京

大道致远
海纳百川
戊戌年秋刘原书

欲穷千里目
更上一层楼
摘王之涣诗句戊戌年秋刘原书

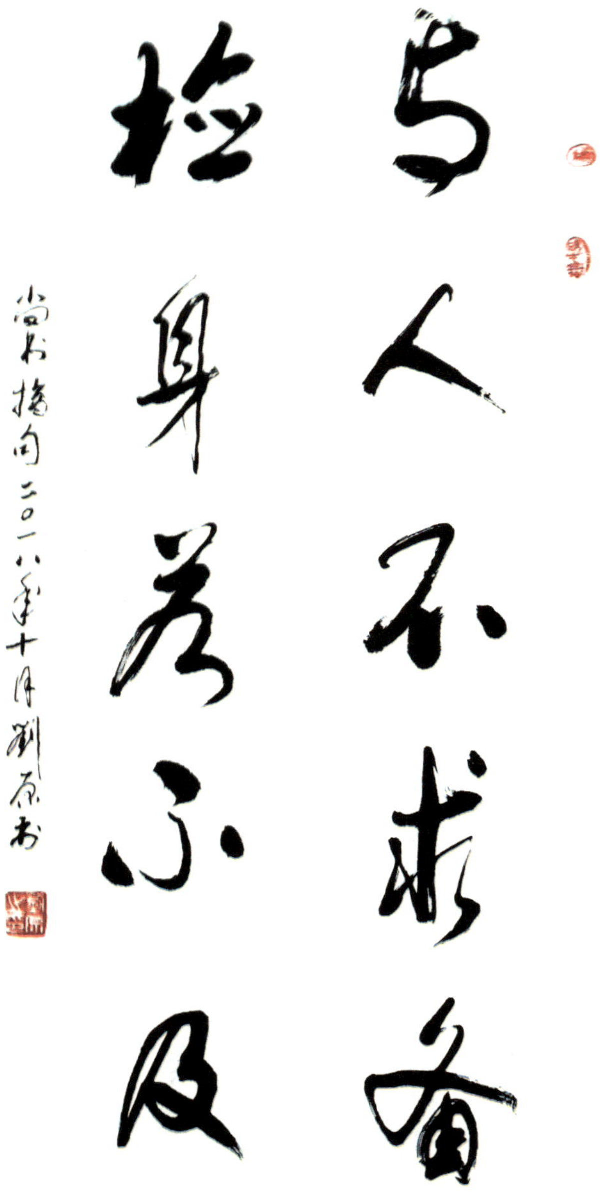
与人不求备
检身若不及

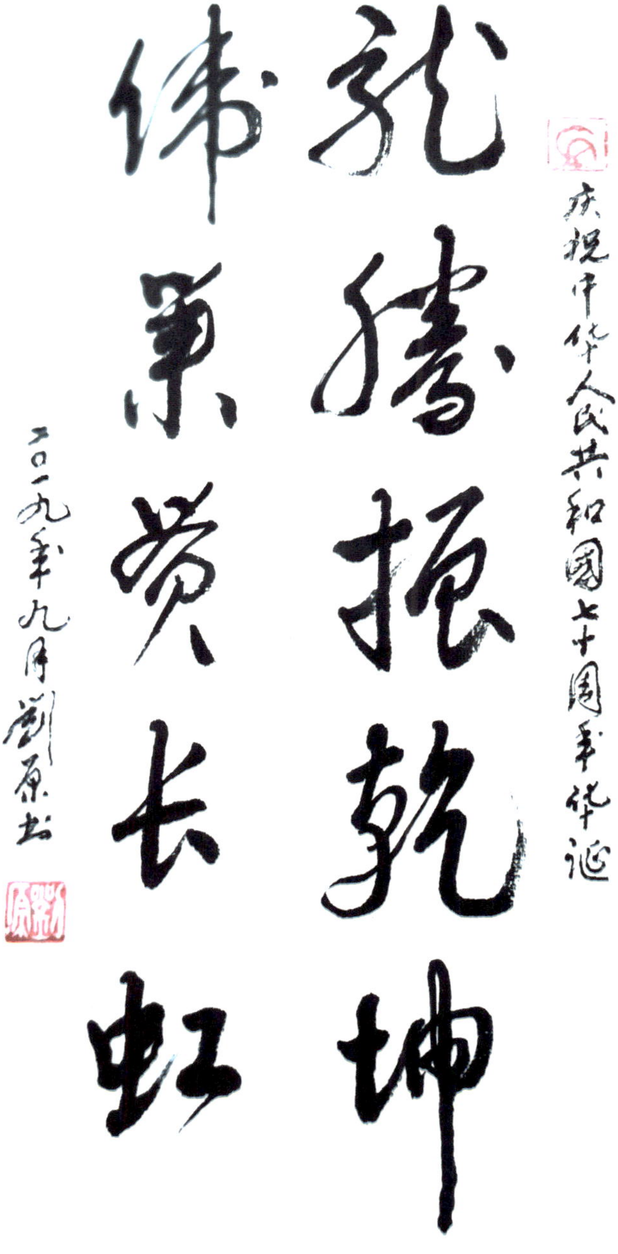
龙腾振乾坤
伟业贯长虹
庆祝中华人民共和国七十周年华诞
二〇一九年九月刘原书

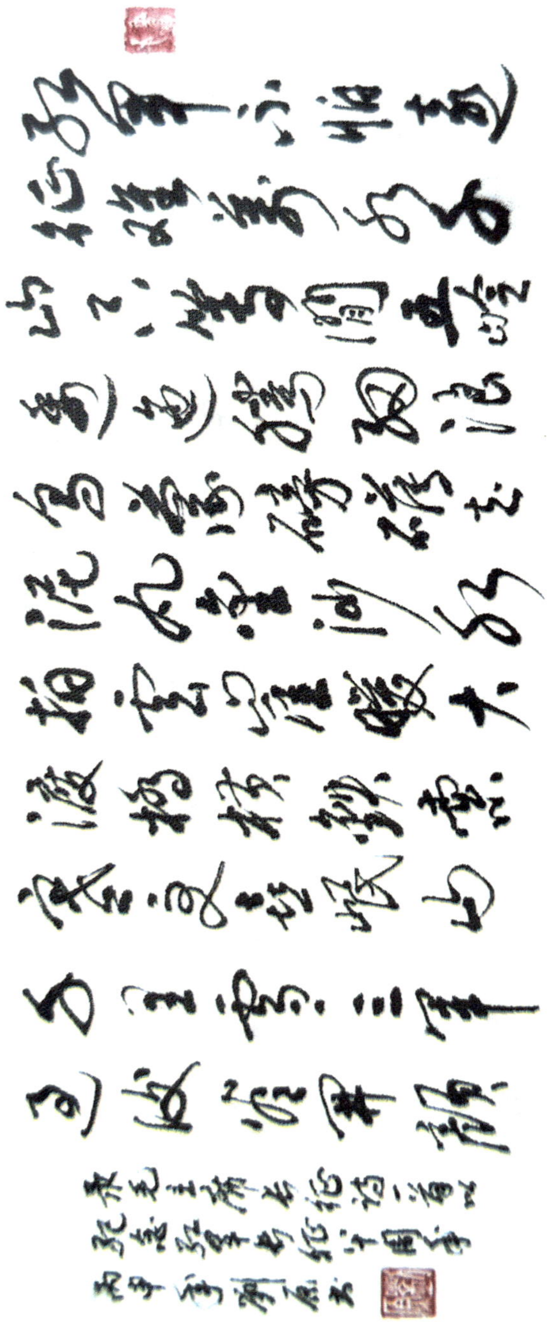

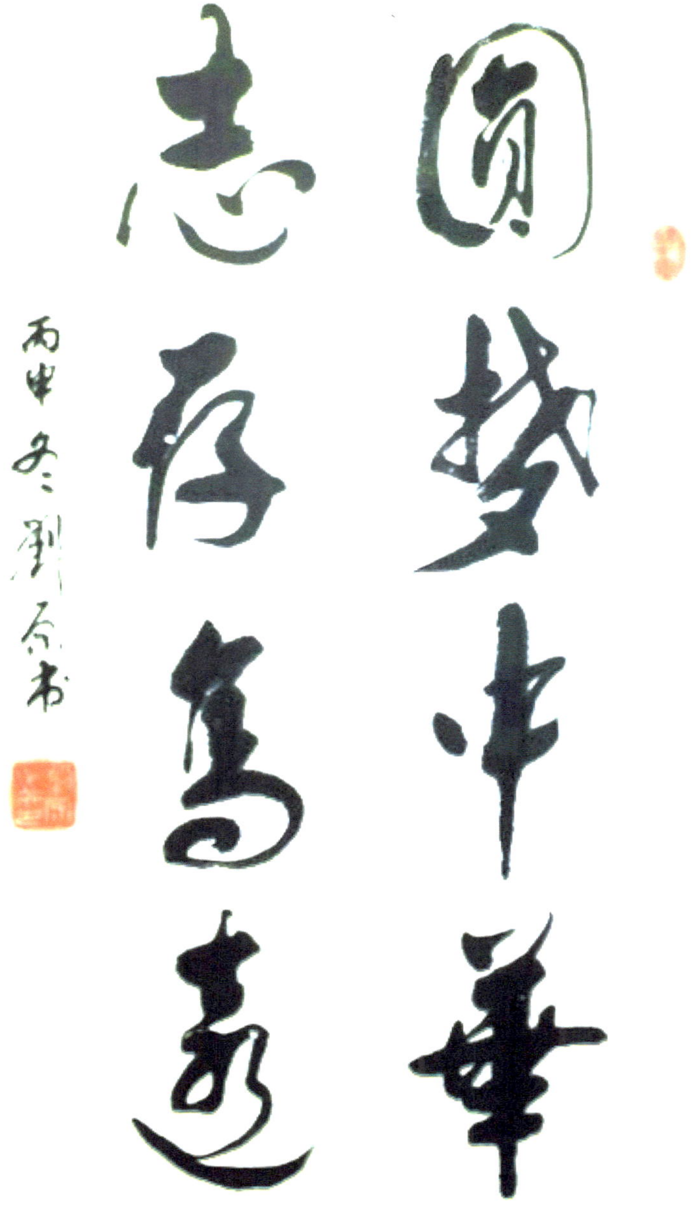
圓夢中華
志存高遠

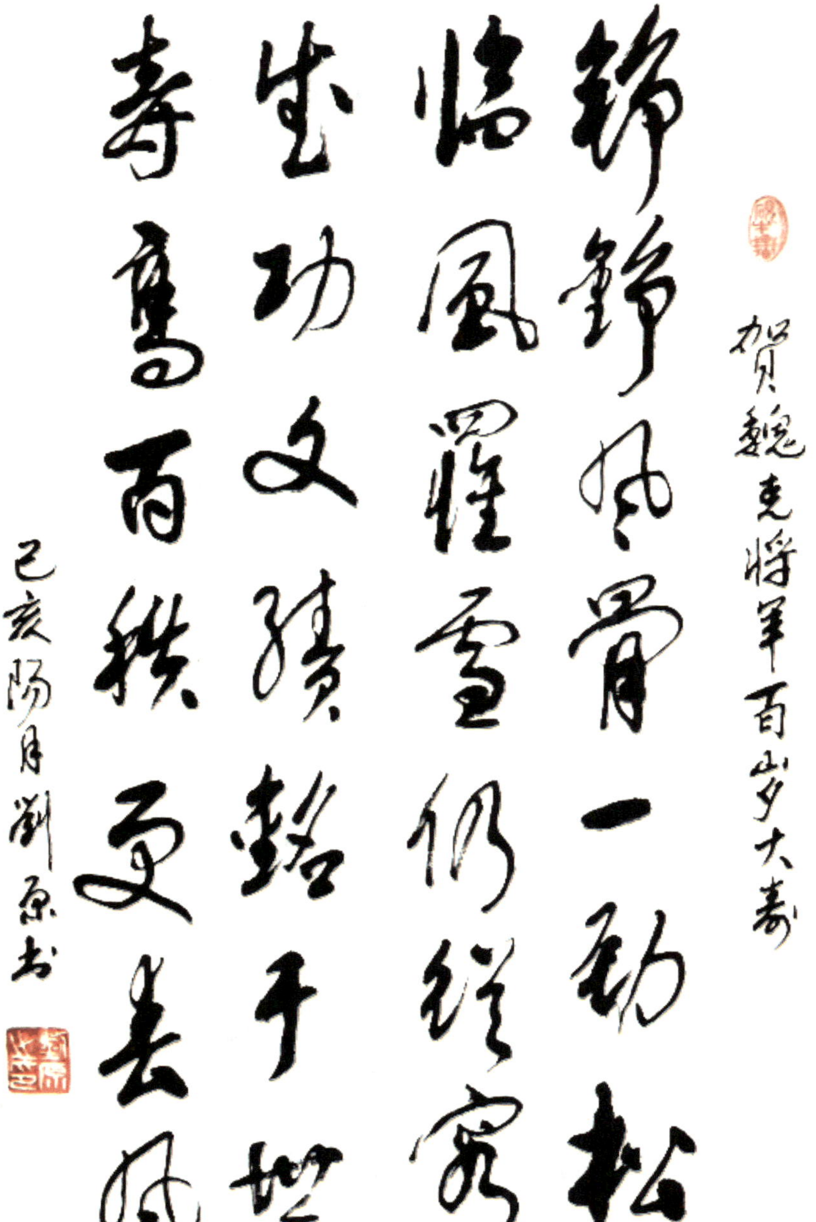
贺魏克将军百岁大寿
己亥阳月刘原书

泱泱華夏 赫赫文明 仁風遠播 大化周行
洎及近代 积弱积贫 九原板荡 百载陆沉
侵華日寇 毁吾南京 劫掠黎庶 屠戮苍生
卅萬亡灵 飲恨江城 日月惨淡 寰宇震惊
兽行暴虐 曠世未闻 同胞何辜 國难正殷
哀兵奋起 金戈鼍鼓 兄弟同心 共御外侮
捐躯洒血 浩氣干雲 尽扫狼烟 重振乾坤
乙酉既捷 家国维新 昭昭前事 惕惕后人
國行公祭 法立典章 铸兹宝鼎 祀我国殇
永矢弗谖 祈愿和平 中華圆梦 民族复兴

南京大屠杀死难者國家公祭鼎铭文 辛丑新春 九十翁刘原书

# 绘画篇

丁亥冬试笔

1972.5.17

为创作
试笔
七六年

三年级学生
一帕龙
1972.5.17.

老贫农次仁
1972.5.8.
於先进乡社

五年级学生
巴桑

女社员格桑拉姆

一个女战士
一九七八年九月

69.6.1.

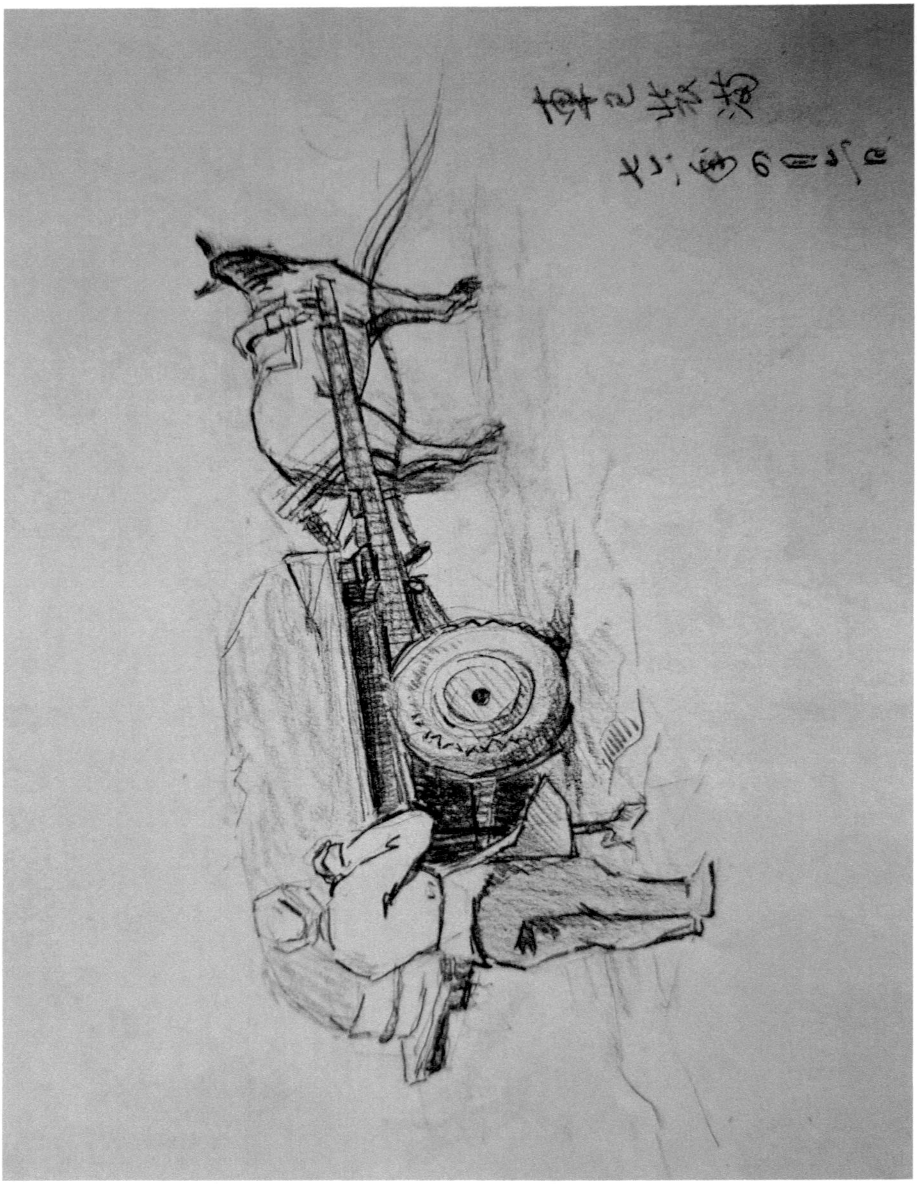

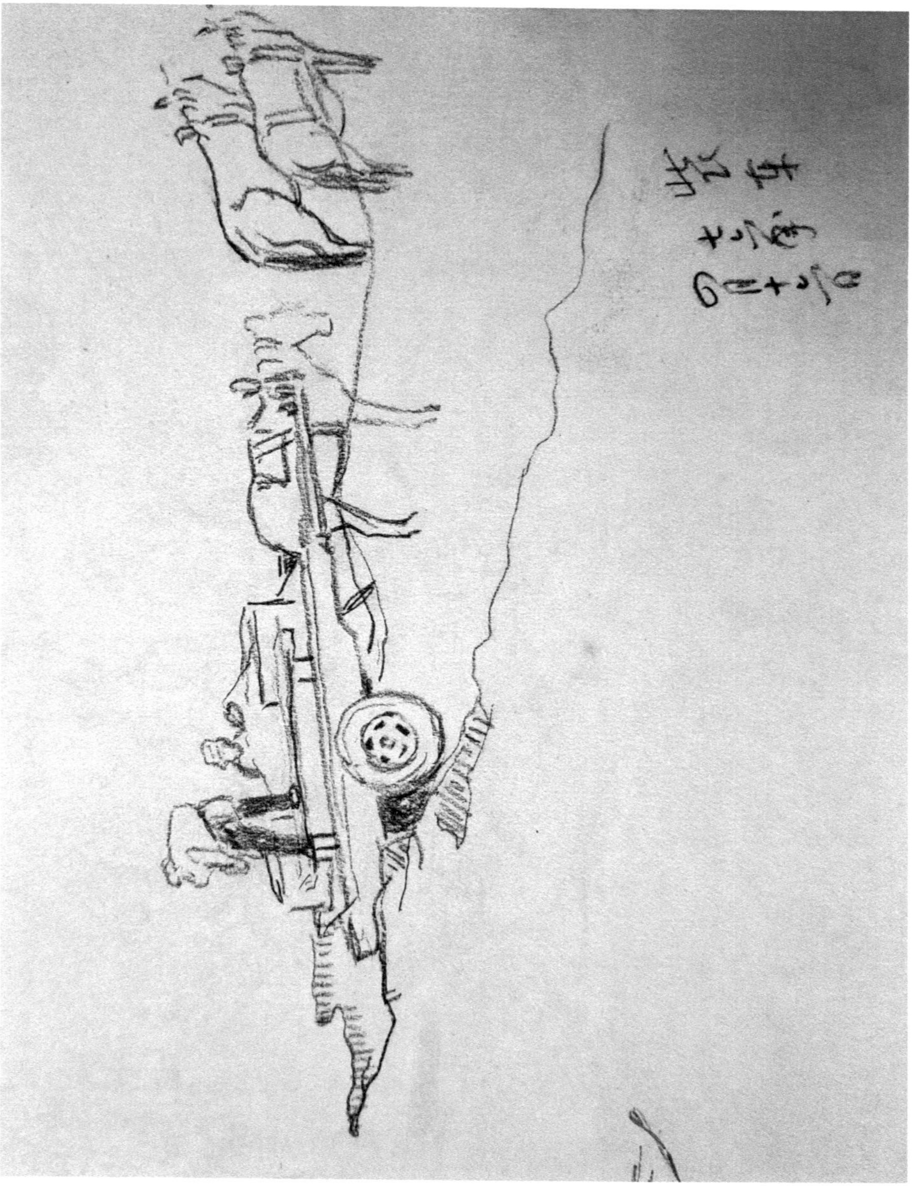

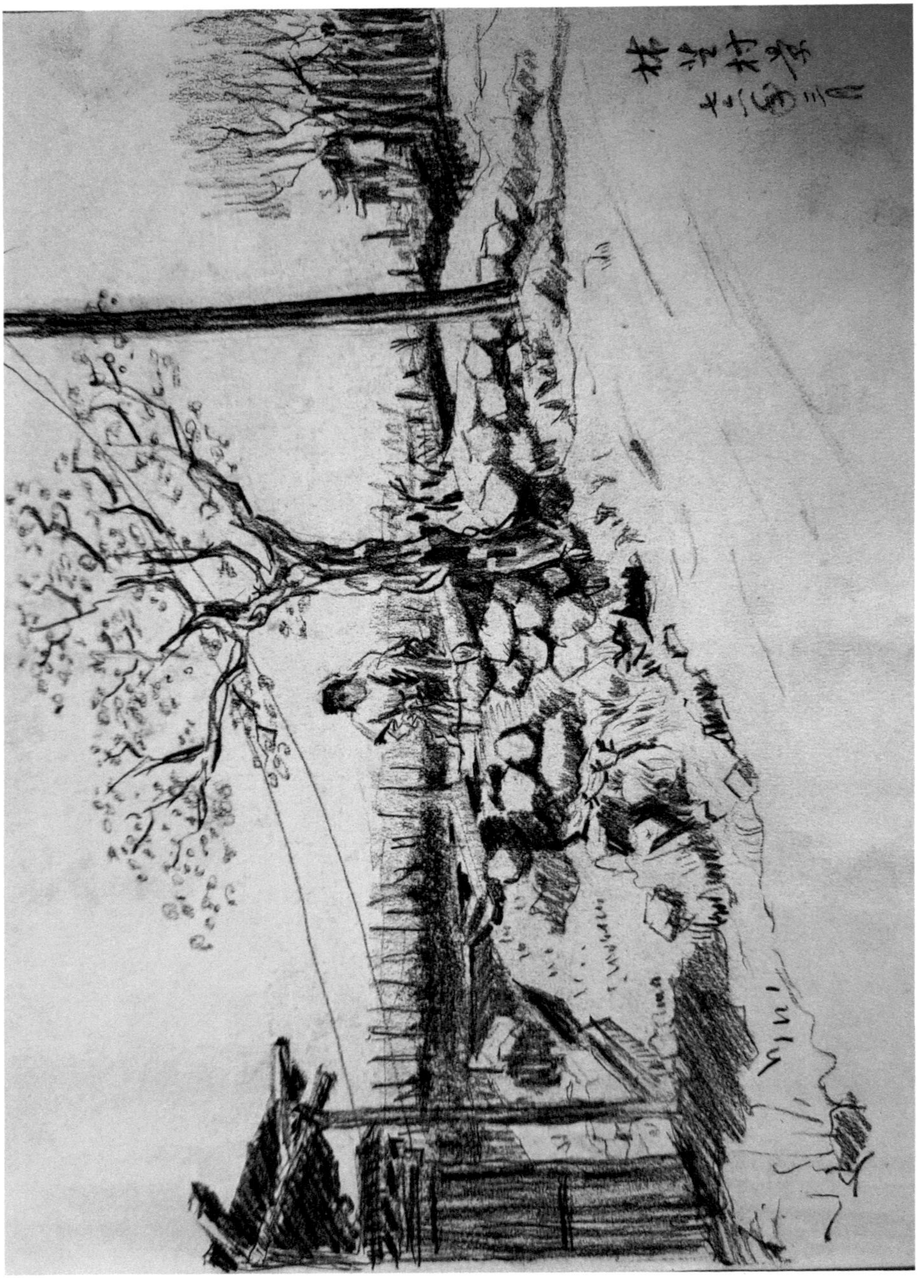

二十四岁的妻子画像（初学画时画的）